KB181057

당신을 생각하다
잃어버린 것들

당신을 생각하다
잃어버린 것들

양문음
랑남양

延 series

최한수

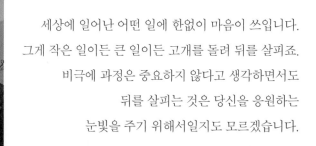

세상에 일어난 어떤 일에 한없이 마음이 쓰입니다.
그게 작은 일이든 큰 일이든 고개를 돌려 뒤를 살피죠.
비극에 과정은 중요하지 않다고 생각하면서도
뒤를 살피는 것은 당신을 응원하는
눈빛을 주기 위해서일지도 모르겠습니다.

그리고 내 눈빛을 들키지 않기 위해
금방 허공으로 시선을 돌립니다.

데구루루 돌이 굴러간다

삶에 무엇이 불만인지 모른 채, 친구에게 편지를 쓴 적이 있다. 연애편지가 아니었기 때문에 앞뒤가 맞지 않아도, 글씨가 삐뚤삐뚤해도 신경 쓰지 않았다. 그저 현재 내 상태에 대한 말을 쏟아내기 급급했다. 서너 장의 편지로 배출된 감정들. 관리 받지 못한 그 감정들을 차마 봉투에 넣을 수 없었다.

'빨간색이 싫어, 사람이 너무 많아, 여긴 너무 시끄러워.'

혼란스러운 머릿속에 돌이 굴러갔다. 동그랗고 반질반질 잘 다듬어진 바위 하나, 그 뒤를 따라 작은 돌멩이 하나. 그 두 돌은 일정한 속도로 산에서 굴러떨어지기도 하고 평지를 굴러다니기도 했다. 돌들은 점점 내 머릿속을 꽉 채웠고 갈비뼈 사이사이마다 무언가 턱 막힌 듯한 답답함은 심호흡으로도 해결되지 않았다. 숨을 길게 들이마시고 내뱉고, 가슴을 내리치며 비린 속을 억지로 비워냈다. 그때, 나는 어린 시절의 냄새를 맡았다. 언젠가 맛본 비린 냄새와 그 맛.

12살 즈음이었다. 당시 나는 어떤 상황에 돌이 생기는지, 왜 가슴이 답답해지는지 알 수 없었다. 단지 돌이 보이면 그 방향을 따라 눈동자를 굴렸다. 느글거리는 속을 부여잡고 헛구역질 몇 번, 가슴 내리치기를 수십 번. 벽에 기대어 슬픈 눈을 하고 부모님의 눈동자를 바라보았다. 머릿속 돌을 이해해주길 바랐다. 나는 가슴을 좀 더 세게 때리며 말했다. '엄마, 아빠, 여기가 너무 답답해, 머릿속에 돌이 굴러가'. 시끄러운 게 싫은 아빠는 날 무시했고, 귀찮았던 엄마는 자신도 어떻게 할 수 없다고 밖에 나가보라고 했다. 나는 아무 말 하지 못했다. 그리고 이리저리 굴러다니는 돌이 두려워졌다. 거실 구석에 앉아 '제발 머릿속에서 나가주세요.' 라고 비는 걸로 내 기억은 끝난다.

잊고 지냈다고 보기에는 선명한 기억이다. 왜 머릿속에 돌이 생기게 된 건지 알게 되면 '앞으로는 돌을 만날 일이 없을까?' 하는 기대감으로 빈 종이에 무언가 적기 시작했다.

마음속 이야기를 꺼낼수록 나는 우울한 사람이 되었다. 답답한 가슴을 풀어내는 다른 방법을 몰라 단지 쓸 뿐이었다. 그리고 그때만큼은 머릿속을 굴러다니던 돌이 보이지 않았다.

나의 글이 겁 많은 사람에게 용기가 되고 우울한 사람을 이해하는 데에 도움이 된다면 좋겠다. 그리고 누군가의 우울이 비난 받지 않기를 바란다.

최한수 드림

앞을 바라보며 걷는 기분과

걸어온 길을 뒤돌아 보는 기분은 다르다

같은 풍경을 바라보고 있지만

그렇지 않다

EPIDENDRUM RADICANS

1부

가
끔
은

익
숙
한

하
루
를

꽃을 꺾는 일을 멈추었다

봄이 되면 어리고 연한 싹이 올라온다.
그것들은 사람의 손길이 닿지 않는 곳에서
삶을 시작한다.

매년 봄, 죽순의 밑동을 잘라내던 할머니는 동시에 자신
의 삶도 조금씩 잘려나가고 있는 것을 눈치채지 못했다. 나
는 평생 일을 멈추지 않던 할머니의 삶을 악착같은 것이라
고 생각했다. 그의 삶 역시 누구와 다를 바 없는, 작은 힘에
도 잘 꺾이는 그런 삶이었다.

누군가에 의해 꺾어지는 삶은 여린 빛깔을 띤다. 세상을
밝히는 꽃, 풀잎, 잔잔한 호수의 움직임. 그리고 여린 사람
들. 모두 자신의 자리를 지키며 살아가지만 작은 돌멩이 하

나로 그들의 삶은 요동친다. 자신의 힘으로는 막을 수 없는
일들이 쏟아지는 것이다.

비린내

소나기가 내릴 듯했다. 터미널에서 엄마와 헤어지고 카페에 들어와 앉았다. 혼자가 되자 금세 외로워졌다. 호주에 발을 디딜 수 있을지, 내 자리를 찾을 수 있을지 의문이 들었다. 비행기에 오르는 일이 무서워지는 것이었다. 카페에서 뛰쳐나와 담배를 태웠다.

캐리어에 빗방울이 맺히더니 비릿한 냄새가 났다. 속이 울렁이던 순간 환전한 돈은 잘 있는지, 여권은 챙겼는지 걱정됐다. 억지로 잠갔던 캐리어를 펼쳤더니 옷가지들이 흘러내렸다. 짐을 주워 담을수록 과거가 흘러 내렸다.

1년에 두 번씩 방을 옮겨 다니던 때, 긴 잠을 잘 수 없었던 이유는 내 자리는 어디에도 없다는 불안 때문이었다. 그

당시 입었던 옷에서 비릿한 냄새가 올라온 것이다. 버리지 못했던 옷이 이제서야 쓰레기통으로 향했다. 캐리어는 나의 과거까지 머금고 있었다.

버스에 오르니 비가 내렸다. 다짐하기 좋은, 적당한 크기의 창문을 마주했다. 창문 밖 어딘가로 두려움을 버렸다. 그리고 투명해진 창문에 입김을 불어 작은 공간을 만들었다.

아침 햇살을 받으며 책을 읽던 나무 테이블, 산 사이를 가로지르는 303번 마을버스. 비닐하우스에 비가 내리치는 순간을 그렸다.

도착시간이 다가온다

"먹고 기도하고 사랑하라"영화의 주인공 리즈는 자기 자신을 찾으러 여행을 떠난다. 그 과정에서 삶에 균형을 잡게 된 뒤, 균형의 틀을 벗어나길 두려워한다. 그녀의 삶은 불안의 연속이었고 균형을 깨려는 유혹 역시 많았다. 살아가며 생기는 불안정이 곧 안정이란 걸 인정해야 했다. 그 후에야 자신을 가둔 균형에서 빠져나올 수 있었다.

여행자들이 풍기는 설렘은 느낄 수 없었다. 국경을 넘나드는 통로에 갇혀 조급해했다. 빠듯하게 공항에 도착한 탓이었다. 좁은 복도를 지나 의자에 기대 움츠러든 어깨와 눈을 풀었다. 몸을 몇 번 뒤척이다 보니 더 이상 한국어 표지판은 찾을 수 없었다. 쿠알라룸푸르 환승센터 스타벅스에 앉아 이곳이 어디쯤인지 가늠해보았다. 무엇을 위해 이리도 멀리 떠났는지, 타지 생활을 견뎌낼 만한 결심이 무엇이었는지 잊어버렸다.

비행기는 목적지를 잃은 나를 싣고 다시 허공을 갈랐다.

초점을 잃은 눈동자에 반짝이들이 붙기 시작했다. 상상만으로 벅차던 순간이다. 비행기가 땅에 닿으며 몸체를 흔들었다. 그 기울어짐에 따라 내 삶도 좌우로 흔들렸고 그 모습은 불안정해 보였다. 멜버른 공항에 도착해 처음 한 일은 흡연실을 찾는 일이었다. 널찍한 흡연구역에다 가방을 펼치고, 잃어버린 물건은 없나 확인했다. 시내로 나가는 버스정류장을 찾은 건 그 후이다. 내가 탈 버스는 2층이 있나 착각할 정도로 높았고 빨간색이라 눈에 띄었다. 버스에 올라 출발하기를 기다렸다. 기다림의 시간은 어김없이 날 깊은 생각에 잠기게 한다.

한국에서 몇 시간 건너온 만큼 과거와 멀어질 수 있을까. 수만 킬로의 거리만큼 성숙해져 돌아갈 수 있을까. 시내에 도착하기 전, 무슨 일이 펼쳐질지 모르는 설렘이 아니었다. 오히려 불안에 가까웠다. 삶의 안정이나 균형 따위는 이미 안중에도 없다. 무슨 자신감이 날 여기까지 끌고 왔는지 과거를 원망하던 중에 버스가 출발했다.

　창밖은 아무것도 보이지 않았다. 그럼에도 바깥을 주시한 것은 어떤 일이 펼쳐질지 모를 어두운 길을 지나고 있었기 때문이다. 밖을 내다보려는 내 얼굴과 바깥의 어둠이 창문에 겹쳐진다. 시내의 불빛이 보이기 시작한 뒤에야 어둠도, 밖을 내다보는 내 모습도 사라졌다.

무엇을 의미하는지 헷갈리듯

어떤 일을 좋아하게 되더니 무심코 싫어질 때가 있습니다. 그 앞에 당당했다가 삶의 의욕을 잃은 것처럼 움츠러들기도 하죠. 어떤 단어를 계속 생각하다 보면 무엇을 의미하는지 헷갈리듯 말입니다.

미아

나는 가끔 미아가 되곤 한다. 아는 길이라 긴장을 늦추면 정류장 서너 개쯤 지나가버려 모르는 곳에 내리게 된다. 타려던 버스가 아닌 다른 버스를 타기도 하고 제대로 탔다고 생각했는데 반대 방향으로 가는 버스에 올라 있기도 한다. 이런 내가 지도가 켜진 핸드폰을 들고 있다면 더더욱 긴장을 늦출 수 없다.

길을 자주 잃다 보면 사람들에게 알려지지 않은 골목을 만난다. 그런 골목들을 자주 만날수록 길 잃는 게 좋다는 거짓말을 한다. 낯선 거리를 걸을 때마다 늘어나는 거짓말이 내게 덮쳐온다. 목적지를 기다리다 차라리 길바닥에서 자는 게 낫겠다 싶을 때도 있었다. 그런 날에는 맥주를 마시고 겨우 잠에 든다.

공항버스에서 캐리어를 챙겼다. 어둠이 깔린 도시 속, 사람들은 각자 포즈를 취한 채 길가에 앉아있었다. 한 손에 맥주를 들고 담배 피우는 손가락과, 계단에 앉아 속삭이는 입술의 움직임, 노래에 맞춰 표현하는 몸짓. 도시 전체가 어느 클럽과 닮았다. 커다란 캐리어를 끌고 길을 찾는 이는 보이지 않았다. 오직 나 뿐. 같은 골목을 수십 번 돌았지만 숙소를 찾을 수 없었다. 결국 호텔에 들어가 캐리어를 풀어헤쳤다. 자정이 지난 시간이었지만 창문 밖에는 여전히 맥주를 마시는 사람들로 북적였다. 다음 날 아침, 커피를 사러 가던 길에 예약했던 숙소를 보았다. 그렇다면 어제 맥주를 마시던 사람들은 그 숙소의 손님이었나보다.

미아가 되는 경험으로 몸이 기억하는 사실이 몇 가지 있다. 낯선 도시에서 앞으로 찾아야 할 게 남았다면, 길을 잃지 않고는 목적지에 다다를 수 없다는 것. 다른 하나는, 눈에 띄지 않던 그 목적지가 언젠가는 꼭 나타난다는 것. 이 사실을 알기에 다음 날 나는 다시 미아가 된다.

전쟁터

'OPEN' 푯말이 보였지만 문을 열 용기가 나지 않았다. 손님이 드문 시간 3시. 한 손엔 50장의 이력서가, 다른 손엔 지도가 켜진 핸드폰이 있다. 한 바퀴, 두 바퀴 매력적인 가게들을 외면하고 돌아섰다. 절실하지 않아서, 다른 일자리도 넘칠 테니까, 영어를 알아듣지 못할까 봐.

주방에서는 점심과 저녁, 하루에 두 번 전쟁을 해야 한다. 전쟁을 마치면 자연스레 전우애가 생긴다. 호주의 주방 분위기는 조금 달랐다. 전쟁을 하지만 각개전투를 선호하는 것 같았다. 아무도 다가가거나 다가오지 않았다. 다쳐도, 실수해도 신경 쓰지 않고 자신의 일을 할 뿐이다. 그렇다고 주방 분위기가 냉랭하거나 어두운 건 아니었다.

내가 일했던 주방은 몇 가지 파트로 나눠져 있었다. 하루 종일 설거지를 하는 사람, 불앞에서 커다란 팬을 휙휙 돌리는 사람, 175도 기름통에 닭을 넣는 사람. 그중 나의 일은 프라이팬에 요리를 데치거나, 손님 상에 나가기 전 최종 상태를 점검 받는 것이었다. 총괄하는 실장님 목소리가 커질수록 각자 역할을 제대로 못 하고 있다는 뜻이었다. 그러던 어느 날, 같이 일하던 동료의 손가락에서 피가 뚝 떨어졌다. 아무도 맡은 일을 팽개치고 걱정할 수 없었다. 그는 손가락이 다친 후에도 자리를 뜨지 않다가, 음식에 피 묻으면 안 된다는 말을 듣고서야 밖으로 나갔다. 그가 맡았던 역할은 금세 메워졌다. 누군가 다쳐 자리를 비우면 다른 이들에게는 기회가 되는 것이다. 주방 안에 있는 모두가 같은 처지였다.

손가락을 다친 친구는 학비와 생활비를 벌기 위해 일을 하던 중이었다. 빈 자리를 차지한 친구는 긴 여행을 위해 잠시 머물며 여행 경비를 모으는 중이었다. 나와 같은 파트에서 일하던 친구는 호텔 주방으로 들어가기 위해서라는 목표가 있었다. 나는 1주일 후 일을 그만두었다. 목적 없는 나와 어울리지 않는 자리 같았다.

선물

별들이 무수히 빛나던 날, 잊지 못할 선물을 받았다. 나는 받은 건 반드시 돌려줘야 한다는 고집 때문에 선물을 기분 좋게 받지 못한다. 가진 것을 베풀거나 순수한 마음으로 선물을 건넨 적도 없는 것 같다. 도움이 필요한 사람에게는 낯을 가린다는 이유로 선뜻 나서지 못한다. 이런 나지만 지금껏 많은 선물을 받아왔다.

주말 밤 멜버른은 소리를 만들어내는 사람들로 시끌벅적하다. 늘 무심하게 지나치곤 했는데 어느 날은 한 여성의 목소리에 멈춰 섰다. 그녀는 여느 가수들과 조금 달랐다. 기타를 메고 도시 한복판에 나왔다면 기타 케이스 펼쳐 두고 노래를 하는 게 당연한 일이다. 하지만 그녀의 기타 케이스는

구석에 닫혀있었다. 부담 갖지 말고 자신의 목소리에 집중할 수 있도록 닫아 두었을 수도 있고 실수로 열지 못한 것일 수도 있다. 그 탓에 관객들은 그녀의 목소리를 들은 대가로 아무것도 줄 수 없었다.

노래가 끝나갈 무렵, 한 남자가 손뼉을 치며 그녀와 관객 사이를 지나갔다. 그녀는 노래를 멈추고 환하게 웃어 보였다. 그제서야 관객들은 그녀를 향해 박수를 보냈다.

그녀는 자신의 시선이 어디를 향해야 하는지 알고 있었다. 하지만 소리는 방향 없이 퍼져나갔고 그 모습은 별이 빛을 내는 것과 닮았다.

별은 어디서나 빛을 낸다. 네 마음이 나에게 닿으면 늘 빛이 나듯이. 몽글몽글해진 마음으로 하늘을 올려다보았다.

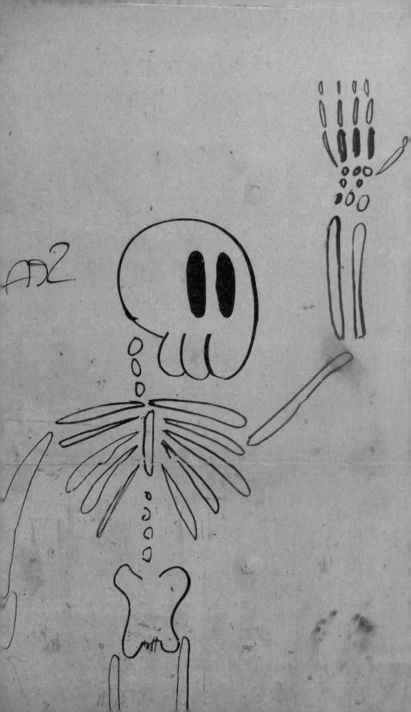

날 찾는 소리

오늘 맞은 바람은 이 지겨운 일상이 만든 게 분명하다. 오늘도 햇빛을 피해 미술관과 공원 그늘을 찾아간다. 그러고는 강가를 따라 걷는다. 어제는 폭우로 몸이 젖었고 오늘은 폭염으로 살이 까질 듯 따갑다. 당장 할 일이 없어 햇빛에 다가섰다 돌아서기를 반복했다.

선택의 기로에 서면 무엇이 날 필요로 하는지를 기준으로 삼았다. 호주를 선택한 건 '날 필요로 할 사람'이 많을 거란 막연한 생각 때문이지 어떠한 근거가 있었던 건 아니다. 날 찾는 사람이 없는 곳에서 멀리 벗어나고 싶었다. 하지만 여전히 자신의 이익을 위한 유혹이 가득했다.

농장은 일손이 많을수록 좋다는 소식을 듣고 농장이 많은 도시로 이동하면 어떨까 생각했다. 몇 군데 연락을 해보니 서로 자신의 농장으로, 하루라도 빨리 오는 게 좋다며 유혹했다. 어디에 있는지, 무슨 일을 하는지도 모르지만 날 찾는 소리가 반가웠다. 인력 하나 더 채우려는 거짓말이 내게 꼭 필요한 말이었다. 그렇게 나는 말없이 비행기에 올랐다.

강가를 따라 걷다 보면 다양한 소리가 들린다. 테라스를 메운 의자가 땅 긁는 소리, 바람이 나뭇가지를 관통하는 소리, 강물이 벽에 부딪히는 소리. 그 속에서도 날 찾는 소리는 어디서도 들을 수 없었다.

가끔 빨간 신호등을 건넌다

　호주는 어디를 가나 양쪽 신호등에 버튼이 달려있다. 신호를 기다리는 보행자를 위해 설치해 놓은 것 같다. 버튼을 누르고 신호를 기다리다 횡단보도 속으로 사라지는 상상을 한다.

　내게는 늘 '왜?'라는 물음이 따라다닌다. 집에 가고 싶다, 혼자가 싫다, 죽고 싶다는 말까지도 '왜?' 하고 묻는다. 며칠 전 살과 손톱이 맞닿는 곳에 가시가 박혔다. 가시가 살 깊숙이 파고드는데도 보고만 있었다. 모든 게 엉망이라는 생각에 닿을 때까지 멈추지 않고 가시를 살 속으로 욱여 넣었다. '왜?'라고 묻는 남들과 다른 모습을 띄는 것은 결국 죄책감이 되었다.

옷에 쌓인 담뱃재를 털거나, 풀린 신발 끈을 묶다가. 아무 냄새도 풍기지 않고 신호등에 불이 들어온다. 누구도 가지 않는 길을 가야 한다면 빨간 신호등도 괜찮다.

적음

낯선 상황이라도 적응하면 편해진다.
그것은 참는 일에 익숙해진 것이었다.

같은 내일

작은 다리를 건너 마주한 공원은 듣던 것보다 한적했다. 어젯밤 쏟아진 비로 나무들은 상쾌한 공기를 뿜어댄다. 지적이는 새소리, 아빠와 그네 타는 어린 아이, 주인을 잃고 돌아다니는 개까지.

공원에 들어와 평평한 자리를 찾았다. 매일 바라만 보던 창밖이었다. 반복될 하루를 생각할 겨를 없이 잠이 들고 눈을 뜨면 늘 같은 방향으로 걸었다. 내키지 않는 점심을 먹고 다시 집으로 향하는 평범한 반복. 최근 한 아저씨를 만난 후, 나는 이 반복에서 벗어나야겠다는 생각을 했다. 오늘 다른 하루를 보내기 위해 공원으로 향한 것은 한 아저씨 덕분이다.

그 아저씨는 늘 같은 자리, 같은 시간에 노숙을 하시는 분이다. 적어도 며칠은 다듬지 못한 듯 보이는 머리칼과 수염에 검은 눈동자를 가진 개 한 마리가 늘 함께했다. 출근하는 길에는 눈을 마주치지만 퇴근 후 집에 돌아가는 길에는 보이지 않는다.

언제인가, 출근하는 이틀 내내 보이지 않던 날이 있었다. 그의 하루를 자세히 들여다본 적은 없지만 좋지 않은 일로 자리를 비운 건 아닐까 걱정되었다. 늘 똑같은 하루를 반복하던 그를 무엇이 일상에서 벗어나게 한 걸까. 그가 다시 눈에 띄기 시작한 날, 보이지 않았던 이틀 동안 어떻게 보냈을지 궁금한 마음이 들었다. 그리고 반복되는 하루에서 벗어나는 순간들이 더 자주 생기길 바라며 커피를 손에 쥐어드렸다.

잔디 사이를 걷다 평평한 흙 위에 몸을 뉘었다. 햇빛이 몸을 감싸는 따스함과 포근함이 느껴졌다. 바람에 흔들리며 잠에 들기도 했다.

해가 저물어갈 즈음 공원에는 아무도 없었다. 나 역시 집으로 돌아가야 했다. 다리를 건너던 중 몸에서 개미 한 마리가 툭 떨어졌다. 살랑이는 바람에 흙냄새마저 날아갔다. 일상으로 돌아갈 채비를 마친 것 같다.

혼자 보내는 시간

며칠째 비가 오고 있다. 멜버른을 3년째 지켜본 둘라 Dula의 말로는 이제껏 보지 못한 폭우라고 한다. 우산 챙기라는 둘라의 손짓에 술 약속을 취소해야 되나 고민했다. 하지만 옷 젖는 게 혼자 지루한 시간을 보내는 것보다 나을 것같았다. 걱정을 뒤로하고 밖으로 나섰다. 다행히 건물 불빛들이 꺼지기 전이었다.

얼마 지나지 않아 바지 밑단부터 빠르게 축축함이 올라왔다. 술집에 도착할 때쯤 간신히 가린 머리와 어깨를 빼고 온몸이 젖었다. 일행이 하나 둘 모이더니 술집은 축축한 사람들로 꽉 찼다. 비 냄새가 술맛을 더했고 금방, 잔뜩 취했다. 알싸한 알코올 향과 몽롱한 기분. 혼자가 되면 사라질 기분이라는 걸 직감적으로 알 수 있었다. 집으로 돌아가는 길, 입안의 알코올 향이 사라지지 않아 줄곧 담배를 태웠다.

쏟아지는 폭우를 견디고 집에 도착할 수 있을까.

스스로 안쓰럽게 느껴지는 순간이 싫다. 그래서 혼자 보내는 시간이 익숙해질 때쯤이면 꼭 술자리에 참석한다. 누군가에게 기대어 둘이 되거나 셋이 되어 시간을 흘린다.

우산을 길 한쪽에 남겨두고 혼자가 익숙해지길 기다렸다. 마르던 옷이 다시 젖고 내 뒷모습은 희미했다.

가끔 익숙한 하루를 마주하기도 하나요

가끔, 어디선가 본 듯한 장면이 찰나를 스칠 때가 있다. 그 순간의 감정마저 익숙하게 느껴진다. 마치 예정된 미래가 이제야 다가 온 것 같은 느낌.

꿈속 나는 처음 보는 장소에 가만히 서 있었다. 무슨 일을 하고 있었는지, 내가 서 있는 곳이 어디인지 가늠조차 되지 않았다. 꿈에서 본 것이라고는 스테인리스 테이블과 그 위에 놓인 과도 뿐이다. 그럼에도 그날의 감정은 정확하게 전달됐다. 속이 메스꺼운 탓에 화장실로 달려가고 싶은 기분. 하지만 속을 비워낼 수 없는 상황인지 배를 부여잡고 있었다. 눈을 뜨고 처음 든 생각은 이 찝찝한 꿈을 잊어야 한다는 것과 현실로 나타나지 않았으면 하는 바람. 꿈의 기억이 사그라질 때 쯤, 익숙한 하루를 마주했다.

양파의 양쪽 끝을 잘라 살살 물을 묻히자 숨은 속살이 드러났다. 나는 까도 까도 끝이 없는 양파가 담긴 싱크대에서 눈을 떼지 못했다. 쪼르르 흐르는 물결이 손등을 타고 손에 든 양파까지 이어졌다. 손이 시려 물을 껐다켰다를 반복하다가 소량의 물만 떨어지도록 조절했다. 장갑을 끼는 방법도 있었지만 시간이 지체되기 때문에 어쩔 수 없었다. 그렇게 시린 손을 부여잡고 양파를 까던 중 수도꼭지에서 물이 팍! 튀어나왔다. 그 순간 지난 꿈속의 모습과 싱크대를 정리하는 내가 겹쳤다. 배가 아픈 척 화장실로 향했다. 메스꺼운 속을 깨끗이 비워낸 후 쓰레기를 버리는 척 밖으로 나갔다.

어젯밤 비가 온 탓인지 악취가 진하다. 거기에 에어컨 실외기의 요란스러운 소리가 더해졌다. 업무를 제쳐두고 나온 내게 주어진 시간은 담배 한 개비를 피우는 데 소요되는 3분이다. 평소의 나라면 담배 두 개비를 몰아 피고 들어갔겠지만 급해 보이는 모습이, 악착같이 살아가는 내 모습이 싫었다. 건물 틈을 배회하는 3분 동안 직장을 그만둬야겠다는 자극적인 생각도 들었지만 현실적으로 가능한 일은 아니었다. 나는 다시 건물 속으로 들어가 남은 양파를 깠다.

H

꿈을 꾼 그 날, 호주라는 걸 눈치챘더라면 난 비행기에
오르지 않았을지 모르겠다.

좁은 자유

한 커플이 강가에 서서 입을 맞추고 있다. 바람만 통하던 나무그늘은 점심 먹는 장소로 변했다. 나무는 누구에게나 그늘을 내주었다. 나는 아무렇지 않은 척 그 사이를 지나갔다.

집 밖을 나서고 몇 걸음 떼기도 전에 한국 사람들을 마주친다. 그들은 비슷한 그리움을 가졌으니 유대감 하나로 서로를 위로하고 의존한다. 그렇게 대학교 동아리와 비슷한 모임들이 생긴다.

나도 몇 번 모임에 참석한 적이 있다. 모임에 처음 참석한 날은 남들 얘기를 하루 종일 들어야 했다. 호주 생활에 대한 정보를 얻는 날도 있었지만 그렇지 않은 날이 더 많았다. 그럼에도 소속감이 절실했던 나는 그 자리를 피하지 않았다.

멜버른속 한국 사회가 작게 느껴진 건 거리를 거닐던 평범한 날이었다. 모처럼 쉬는 날 햇빛을 맞으며 좋아하는 카페로 향했다. 가방에는 볼펜과 다이어리, 노트북이 있었다. 카페 빈은 혼자 영화를 보거나 밀린 다이어리를 정리하기 좋은 고요한 곳이다. 따뜻한 아메리카노를 주문하고 구석 창가에 앉았다. 오늘 볼 최애 영화인 '인사이드 르윈'이라는 제목이다. 줄거리가 어두워서 누군가에게 추천하거나 같이 볼 만한 영화는 아니다. 나는 아마 그 어두운 면을 좋아하는 걸지도 모르겠다. 영화를 골랐으니 다이어리를 펼치고 밀어둔 생각을 쓰기 위해 펜을 들었다. 그때 다이어리 위로 검은 그림자가 들이쳤다. 놀라 고개를 들어보니 최근 모임에서 처음 만난 사람이다. 자기도 이 카페 자주 온다며 당연한 듯 앞자리에 앉았다. 겨우 한 번 만난 게 다인 그와 같이 앉아 있는게 나는 어색한데 그에게는 그런 기색이 없다. 내게 뭐 하고 있었냐고 물었지만 내 대답에는 딱히 관심이 없어 보인다. 그의 관심사는 나의 안부가 아닌 자신의 이야기를 하는 것이었다. 한식당 중에 어느 곳이 가장 맛있는지, 커피는 어디가 맛있는지, 어떤 일이 시급을 가장 많이 주는지. 가장 참기 힘들었던 것은 담배 필 때 조차 옆에 와서 말을 한다는 것이었다. 3시간쯤 지났을까. 계속 얘기를 듣다 보니 정신이 아득해졌다. 비린 속을 부여잡고 자리에서 일어났다. 자신도 집에 가겠다며 따라 나온 그는 쉴새 없이 떠들었다.

그 날 이후, 모임에 참석하지 않기로 했다. 카페에서 혼자 여유와 느긋함을 즐길 기회를 또다시 뺏길지도 모른다고 생각하니 커피 맛이 느끼해지고 속이 울렁거렸다. 누군가에게 쫓기듯 조바심이 난 것이다.

거실 2층 침대, 커튼 한 장으로 가려야 하는 사생활. 냉장고엔 각자의 공간이 나뉘었지만 벽은 없다. 냄새가 자신의 자리를 지키지 못한 탓에 누구의 냄새인지 구별이 불가능하다. 좁은 공간에선 자유가 존재하지 않는 순간이 쉽게 눈에 들어왔다.

2부

어떤 문장

무니

다이어리와 함께 새 볼펜을 샀다. 내일은 새로운 환경으로 이사를 하기 때문에 그 의미를 더하기 위해서이다. 이번에 취업한 동네는 일본 애니메이션에서나 나올법한 '무니'라는 이름을 가졌다. 브리즈번에서 오래 생활한 사람도 모르는 곳이라 지인들은 무엇을 위해 가냐며 말리기 바빴다. 하지만 나는 그곳에서 일하기로 결정하기까지 긴 시간이 걸리지 않았다. 생활할 집은 식당 측에서 제공해 주었고, 또래의 친구도 많다고 했다. 아침에 일어나 무엇을 할지, 쉬는 날에는 어디를 가야 좋을지. 내가 결정할 게 많지 않은 만큼 내 고민을 덜어주는 것과 오롯이 나 자신을 위해 쓰일 공간이 있다는 것. 충분히 이사할 가치가 있었다.

해가 뜨지 않은 시간, 방 정리를 마치고 터미널로 향했다. 창밖의 널브러진 소들과 드넓은 대지를 구경하며 2시간이 지났다. 걱정했던 것보다는 참을만한 드라이브였다. 환승센터에 내려 두 번째 버스를 탈 때는 엉덩이가 힘 없이 축 처져 있었다. 잔디밭을 거닐며 신선놀음에 빠진 소들을 부러운 눈빛으로 내려다보았다. 잠에 들기 위해 눈을 감으면 쨍한 햇빛이 커튼을 지나 얼굴에 쏟아져내렸다.

버스의 종점은 '돌비'라는 동네였다. 맥도날드 앞에서 기다리고 있으면 누군가 날 데리러 오기로 했다. 며칠 전 책임자와의 통화가 떠올랐다. 데리러 와준 상대를 생각해서 햄버거라도 사두라는 말을 되풀이하던 그. 하지만 나는 햄버거를 내 입에만 넣고 맥도날드를 빠져나왔다. 나를 위해 기꺼이 차를 몰고 온 그는 첫인사로 햄버거의 안부를 물었다. 나는 깜빡했다는 거짓말과 멋쩍은 웃음으로 어색하게 차에 올라탔다.

차는 한적한 시골길을 달렸다. 호주의 깊은 곳을 들여다보는 기분이다. 건물들과 멀어지며 풀냄새를 맡을 생각에 들뜬 것도 같다. 초록의 향을 기대한 나는 차가 오지로 향할수록 무언가 잘못되었음을 느꼈다. 창문 밖이 점점 삭막해진다. 나무들은 시들어 본래 자신의 색을 잃은 상태였고 캥거루의 사체가 눈에 들어왔다. 한 마리, 두 마리… 열 마리가 넘어가며 더 이상 셀 수 없을 만큼 되었다. 반대편에는 차 앞에 쇠창을 단 차가 지나갔다. 쇼핑을 마치고 난 이후로 계속 말이 없는 그에게 차에 뾰족한 창을 달아놓은 이유를 물었다. 야행성인 캥거루가 밤길에 뛰어다니면 위험해서 그렇다고 한다. 캥거루와 부딪혀 찌그러질 차가 걱정이라면 굳이 쇠를 뾰족하게 깎을 일인가? 점점 내가 상상했던 호주와 반대 방향으로 향하고 있다. 몇 마리의 캥거루를 지나쳤을까. 차가 도로 한복판에 멈췄다. 정확히 말하면 4차선 도로가 만나는 삼거리였다. 그 앞에 있는 휴게소 같은 건물이 내가 일하기로 한 곳이었다.

밤 10시, 가게 정리를 하고 대충 씻었다. 길고 지루했던 오늘 하루를 정리하기 위해 노트를 펼쳤다. 어떤 말부터 적어야 할지 망설임에 가느다란 펜이 움직이지 않았다. 여러 생각 중에 한국으로 돌아가고 싶은 마음이 가장 컸다. 우거진 나무숲을 상상했지만 삭막한 이곳을 핑계로 삼는다면 마음이 편해지지 않을까. 널브러진 캥거루 사체와 납득되지 않는 이유로 쇠창을 단 차들. 메마른 나무들까지. 어쩌면 좋은 핑곗거리가 될지도 모르겠다. 자연을 아끼기로 유명한 호주에서 본 광경이라고 하면 믿는 사람이 없을 것 같지만.

벤치에 앉아 해가 뜰길 기다렸다. 새로 산 노트에는 아무 글자도 적지 못했다.

이상에 부딪혀 본 걸로 충분할까요

오늘 당장은 시내로 나가는 버스가 없어 무작정 걸었다. 죽은 캥거루를 무심히 지나치고, 찢어진 타이어에 앉아 숨을 돌려가며 걸음을 멈추지 않았다. 으스스한 도로에는 지나가는 차들도 드물었다. 휑한 길바닥에 바람이 지나는 모습과 아슬아슬 도로 끝에 걸친 내가 더해졌다. 캐리어 바퀴의 덜그럭 소리를 내며 캐리어를 끄는 사람은 나 하나뿐이다.

덜그럭거리는 캐리어 바퀴 소리를 몇 시간쯤 들었을까. 차 한 대가 옆을 무심히 지나치더니 이내 멈춰섰다. 설마 하는 마음에 잠시 멈추었다. 차 안에는 인상 좋은 아저씨와 천진난만한 강아지가 타고 있었다. 먼저 말을 걸어 온 아저씨는 자신을 마이크라 소개하며 날 차에 태웠다. 뒷문을 열어

캐리어를 욱여넣고 차에 타자 내게 어디 가느냐고 물었다. 시내에 나가야 한다는 대답을 하기도 전에 왜 버스도 없는 오늘 나가냐며 다그치듯 말을 쏟아냈다. 심각한 사연이 있는 사람처럼 바라 보는 그의 눈빛이 따갑다. 영어 실력이 좋지 않은 탓에 '그냥' 중얼거리듯 말했다. 그렇다고 왜 이 길을 걷고 있는지 아는 건 아니었다. 처음 본 사람의 걱정에 가슴이 먹먹해졌다. 그를 따라 창문을 열고 담배를 태웠다. 재떨이에 서너 개의 꽁초가 더해졌을까. 우리 사이에는 더이상 대화가 오가지 않았다. 침묵을 깨는 것은 간간히 짖어대는 강아지 소리 뿐이다. 그 고요한 공기에 나도 모르게 슬며시 잠이 들었다. 어깨를 흔드는 기분에 눈을 떠보니 캐리어는 이미 그의 손에 들려있었다. 첫만남과는 다르게 헤어짐은 간단했다. 조심히 돌아가라는 말과 함께 담배 한 갑까지 내게 건네주었다. 한국으로 돌아가는 긴 여정의 출발이 썩 나쁘지 않다. 캐리어를 버스에 옮겨 싣고 출발하기를 기다렸다.

답답한 가슴이 좀처럼 나아지지 않았다. 더이상 혼자 무언가를 해낼 힘이 남지 않아 생기는 답답함. 누군가에게 된통 사기를 당하거나, 비자 기간이 끝나 억지로 호주를 떠나는 게 아니라는 것을 난 알았다. 그 사실들이 날 짓눌렀다.

ㅐ

한국으로 돌아가는 비행기 안의 공기는 차가웠다. 긴 여름이 끝나고 겨울에 온 것 같았다. 좌석에 앉아 그동안의 호주 생활을 복기하며 잠에 들었다. 하루 종일 울음이 멈추지 않던 날과 아무 걱정 없이 편안히 지나간 날. 무엇 하나 제대로 해내지 못한 찝찝함. 이상에 부딪혀 본 걸로 충분한 걸까. 인천에 도착해 숨을 깊게 들이마셨다. 목구멍을 타고 들어오는 후회스러운 감정은 당연한 일이었다.

어떤 문장

응급실에서 아빠가 곧 돌아가실 거라는 얘기를 들은 날이었다. 의사는 희망이 없는 말만 해댔다. 하지만 어느 누구도 그 말에 대해 반박하지 못했다. 모두가 울었지만 울기 위해서는 아빠의 죽음을 받아들여야 했다. 울음소리로 꽉 찬 병원을 도망쳐 담배를 태웠다. 울어도 된다는 친구의 말에 붙잡고 있던 아빠의 손을 놓았다. 그러고는 며칠을 울었다.

죽음을 받아들이는 짧은 순간은 한 문장과 함께 기억되었다. 누군가의 말을 기억하는 건 그날의 상황과 감정이 잊히지 않기 때문이다. 또한 마음과 마음이 닿는 감촉이 남아 있는 것이다.

누군가의 한마디에 억누르고 있던 마음이 역류한다. 난 그 문장들을 쌓아두고 밖으로 꺼내지 않는다. 다른 이들에게는 필요 없는 문장일 때가 있기 때문이다. 또한 기억 속 장면들이 떠오르면 기어이 슬픈 눈을 하고 만다.

누군가에게 들었던 말과 행동을 기억하는 것과 지우고 싶어도 지워지지 않는 장면. 그 모든 게 내가 뱉은 한 문장이 누군가에게 기억되길 바라는 이기적인 마음은 아닐까.

어느 산언덕

오랜만에 찾아간 아빠는 여전히 같은 자리에 계셨다. 오늘만큼은 아무런 바람 없이 인사드리고 싶었다. 원망, 미안함 같은 말들은 뒤로 한 채, 내 의지로 가득 찬 길을 걷겠다고 다짐했다는 말이면 충분했다. 굳이 아픔을 꺼낼 필요가 없었다.

아빠의 집과 같던 초록색 트랙터 안은 너저분했지만 소주는 늘 자리를 지켰다. 거대했던 바퀴가 작아질 때쯤 초록 페인트는 견디지 못하고 떨어져 나갔다. 소주 병이 차지한 자리는 넓어졌다. 그렇게 아무 질문도 던지지 못한 채 커다란 보호막을 잃었다.

햇빛이 들지 않는 곳에 스스로를 가두고 술을 마셨다. 미안하단 말 말고는 해줄 말이 없었냐고, 살아갈 길의 힌트라도 주면 안 되는 거였냐고. 매일 마신 술은 아빠를 이해하겠단 노력으로 포장되었다. 좋은 아빠가 되겠다며 잡던 그 손을 뿌리치지 말았어야 했다. 거친 손이 일구고 간 땅을 보지 못 한 탓이었다.

결국 나는 아빠가 그렇게나 좋아하는 술 한 잔 같이 못한, 사랑한다는 말 한마디 하지 못한, 못난 아들이 되었다. 그러나 이젠 인정하기로 했다. 잘 가꾼 땅과 나무에 집중하기로 했다.

어쩌면 세상에서 답을 찾는 일은 어리석은 일일지 모르겠다. 각자 걸었던 날을 토대로 선택만 할 뿐. 아름다웠던 하루하루를 선물이라고 생각하며 사는 게 편하지 않을까.

불씨

빗물 따라 이 마음, 저 마음 쓸려간다.
그리고 어떤 불씨는 사그라들었다.

죽음이 피는 꽃

우연히 마주친 바닷가에는 해만 고요하게 붉은빛을 내고 있었다. 파도가 발끝에 걸려 넘실거린다. 파도를 보러 오는 사람이 없는 조용한 곳이었다. 아무도 없는 곳에서 혼자 살고 싶었던 것은 혼자서도 잘한다는 자신감이 아니었다. 스스로를 감당하지 못했던 경험때문에 세상과 멀어져 생긴 두려움이었다.

내 왼쪽 손목엔 세미콜론 타투가 새겨져있다. 세미콜론 타투를 새기는 건 우울증이나 자살 충동, 약물 중독 등으로 어려움을 겪는 사람들에게 희망과 사랑을 주는 의미로 알려져 있다. 내가 타투를 새긴 이유는 세상에 알려진 의미와 다르다. 스스로 목숨을 끊은 사람들을 향한 애도의 표시이자

자살 충동을 막아주는 방어막이다.

그 당시 난 먹기를 포기하고 걷기도 포기했다. 매일 '자살'이라는 단어만 삼켜댔으니 당연하다. 그러다 어느 날 칼을 들고 서 있는 날 발견했다. 칼은 손목에 올라와 움직이지 않았고 나 역시 어떤 행동도 할 수 없었다. 뜨거운 것이 손목을 타고 흘러내리는 걸 느끼고서 눈을 떴다. 뺨에 매달려 흔들리던 눈물이 떨어진 것이다. 안도감과 두려움으로부터 도망친 곳은 겨우 이불 속이었다.

해가 다 지고 더 이상 바다는 보이지 않았다. 다가오는 파도도 아무 말이 없다. 여전히 꽃을 보면 죽음이 필 것만 같고 비가 내리면 죽으라는 하늘의 계시 같을 때가 있다. 어두운 마음이 휩쓸고 간 해변에 묵묵히 꽃이 하나 피었다.

H

무슨 색의 꽃잎을 피울지는 중요하지 않다

늘 같은 자리에 있는 산과 같은 방향으로 흐르는 개울가. 개울가를 따라가면 데이지 꽃, 산딸기, 매실나무가 나온다. 작은 동네를 한 바퀴, 두 바퀴 아무 생각 없이 걷는다. 한 발자국만 내디디면 세상과 만날 듯이 가까워진 것 같다가 어떨 때는 현실이 아닌 공간에 있는 것 같기도 하다. 순수한 시각으로 꽃과 나무를 바라볼 때는 세상과 가까워졌다고 느꼈다. 반대로 틀에 박힌 생각을 할 때는 세상과 멀어진 기분이었다.

글쓰기 관련 책이나 시집을 읽다 보면 순수한 시각이 중요하다는 말을 자주 한다. 동심으로 돌아가 아무 편견 없이 사물을 보는 것. 나는 그게 어떤 건지 잘 몰랐다. 이론은 이해했지만 머릿속에 있는 지식을 걷어내고 세상을 처음 마주한 듯 바라보는 게 가능하다고 생각하지 않았다. 조용히 내 무의식에 들어온 편견과 쓸모없는 지식들을 걷어낼 수 없었다. 그것들은 물건이나 동물, 사람 등 눈에 보이는 모든 것을 정확히 볼 수 없게 했다.

편견이 생기는 과정은 다양하다. 여행을 하다 처음 만난 사이에서도 편견이 생길 수 있다. 어떤 한 사람과 첫 대면을 하는 순간 느끼는 감정. 그 감정으로 인해 편견에 빠진다.

누군가를 소개받거나 면접을 보는 것은 조금 다르다. 그런 일이 있을 때에는 상대방을 만나기 전 되도록이면 많은 정보를 입수하려고 한다. 그리고 그 정보를 통해서 상대방을 분석하는 동시에 편견이 쌓인다. 내가 사람을 만나거나 만나기 전, 주위에서 하는 말을 듣지 않으려는 것은 이 때문이다.

편견에 갇히면 세상과 멀어진 기분이다. 다시 세상과 가까워지기 위해서는 어떤 생각도 필요하지 않다. 꽃은 단지 꽃일 뿐이고 나무도 나무일 뿐이다. 무슨 색의 꽃잎을 피울지, 어떻게 생긴 열매가 익을지는 중요한 게 아니다.

익숙해지지 않는 것

운전석 앞 범퍼에서 쿵 하는 소리가 들렸다. 확인해 볼 겨를도 없이 빠른 속도로 집으로 향했다. 급한 마음에 내가 정신없이 도착한 곳은 집이 아닌 동네 뒷산이었다. 늦은 밤, 산을 둘러싼 빨갛고 파란 불빛. 어수선한 분위기 속, 나는 초록색 바구니가 달려있는 할머니의 리어카 앞에 발걸음을 멈췄다.

담양과 화순의 경계를 지키는 산에 두 지역의 경찰관, 소방관 들이 모여 있다. 그들은 나를 데리고 산을 이리저리 돌아다녔다. 나는 몇 발자국 내딛지 못하고 줄곧 담배를 태웠다. 30분만 찾아보겠다면서 떠난 형사님이 다가왔다.

"손자분, 내일 아침 일찍 여기에 다시 모이는 걸로 합시다. 오늘은 어두워서 힘만 들고 할머님은 찾지 못할 거예요."

나는 아무 말 없이 고개를 끄덕였다. 바닥에 주저앉아 리어카를 바라보았다.

할머니는 리어카의 손잡이를 잡고 허리를 지탱해야만 수월하게 걸을 수 있었다. 여기서 '수월하게'란 일반 사람들의 걸음걸이가 아니고, 혼자 힘으로 걸을 수 있음을 말한다. 가끔 외식을 하는 날에는 내 손을 잡거나 동생의 손을 잡았다. 허리가 굽은 탓이다. 아니, 허리가 펴지지 않을 정도로 오래 일을 한 탓이다.

이 사실을 소방관들에게 이해는 시켰지만 차마 한 번만 더 찾아보자는 말을 꺼낼 수는 없었다. 시간은 이미 자정을 넘겼고 오늘 밤에 꼭 찾아야 한다는 주장은 찾는 사람과 기다리는 사람 모두를 힘들게 할 뿐이다. 목까지 차오른 말을 삼킨 것과 내 눈치를 살피며 하산하는 사람들에게 미안한 마음이 겹쳐 속이 울렁거렸다. 토가 나올 것 같았다. 혼자 있고 싶은 마음이 들었지만 주위에는 나에게 위로의 말을 건네려는 사람들이 서 있었다. 난 괜찮으니 먼저 내려가라는 손짓에 사람들은 자리를 비켜주었다. 리어카 옆으로 자리를 옮겨 앉아 후회스러운 과거를 곱씹었다.

할머니는 일주일에 서너 번 서는 장날에 맞춰 마늘, 상추, 파, 그 밖에 각종 채소들을 준비한다. 시골에 내려와 내가 할머니께 해줄 수 있는 건 버스 대신 차에 짐을 싣고 장에 데려다 드리는 정도였다. 그마저도 자주 해드리지는 못했다. 짜증 내는 내 모습이 신경 쓰이셨는지 할머니는 함께 가기로 한 날이면 전 두 장을 부쳐 내 손에 꼭 쥐어주셨다.

그 날도 어김없이 전 두 장을 건넸고 나는 안 먹겠다고 손사래를 쳤다. 계속 되는 거절에 전은 할머니 무릎 위에 덩그러니 올려졌다. 덜컹거리는 차 안에 어색한 공기가 감돌았다. 꼬불꼬불 산길을 빠져 나와 옆자리로 눈을 돌렸을 때, 할머니는 뜨끈한 전을 푸욱 깔고 앉아있었다. '할머니!! 전 깔고 앉았잖아!' 라고 나는 목소리를 높였다. 단지 시트에 기름 묻는 게 싫어서.

유독 할머니 앞에만 서면 화를 참지 못하는 어린아이가 되어 온갖 짜증을 부려댔다. 아빠를 닮았다는 이유에서였을까? 할머니는 그런 나를 오히려 아껴주셨다.

'아가, 낙지 사왔으니까 소주 한잔하게 빨리 와.' '아가, 저번에 맛있다던 도토리묵 사왔어. 얼른 가져가서 먹어.' '아

가, 파김치 잘 먹길래 담궜어. 지금 먹어야 맛있으니까 가져
가.'

왜 할머니가 전화를 받지 않아도 나는 대수롭지 않게 여
겼을까, 분신과 같던 리어카가 보이지 않았는데 왜 찾아보
지 않았을까, 일 그만하라는 말과 함께 용돈 한 번 드리지
못했을까. 끊임없는 물음과 자책에 토를 쏟아냈다. 그러는
사이 산을 감싸고 있던 빨간 불빛은 사라지고 마을 주민들
이 켜둔 작은 불빛들마저 꺼지고 말았다. 리어카를 남겨두
고 어둠 속을 빠져나왔다.

안개를 머금고 찾아온 새벽, 리어카를 차에 실었다. 그리
고 내 손에 쥐어진 빨갛게 물든 옷과 모자, 금색 보자기. 보
자기 안에는 차게 식은 밥과 김치가 있었다. 할머니가 손에
쥐고 있었던 것은 그게 전부였다.

나는 가끔 누군가의 죽음에 대해 깊게 생각한다. 물론 할
머니의 죽음에 대해서도 생각한 적이 있다. 하지만 죽음은
준비한다고 덜 아프거나 익숙해지는 게 아니었다.

간격

언제부턴가 상실감을 느낄만한 중요한 일이나 물건을 가지고 있지 않게 되었다. 잃는다는 게, 사는 동안 평생 못 본다는 게 두려워서, 상실감이 느껴지지 않을 정도의 간격을 유지하며 살아왔나 보다.

세수

어지러운 밤.

눈을 감는다.

살며시 얼굴을 쓸었다.

늦은 여름 어느 바다

옷을 벗고 바다로 뛰어들었다.

어두운 바다를 밝히는 건 달과 내 핸드폰 불빛 뿐이었다. 종이컵에 소주를 따라 홀렁 들이켰다. 소주가 목으로 넘어가는 꿀렁임과 함께 파도가 벽에 부딪힌다. 일정한 박자에 맞춰 철썩철썩.

그때 한 남자가 다가와 인사를 건네더니 옆에 앉아 맥주를 마셨다. 간단한 통성명으로 끝날 것 같던 대화는 꽤 오래 이어졌다. 어떤 마음이 서로를 끌어당겼는지, 우리는 긴 시간 함께 술잔을 부딪혔다. 그는 대학교수이며 맥주를 좋아하고, 제주도에 집을 지은 이유는 모두가 잠든 시간 다이빙을 즐기기 위해서라고 말했다. 그 말을 들은 나는 속으로

'오밤중에 다이빙이라니… 춥고 귀찮은 짓을 왜?' 그는 이런 내 마음을 눈치챘는지 다이빙을 하면 좋은 점을 늘어놓았다. 잠깐 들어갔다가 나오는 거라 위험하지 않다며 거기에 덧붙여 고요하다, 자유롭다, 상쾌하다, 등등의 단어들을 나열하였다. 나는 그의 말에 점점 매료되었다. 어두컴컴한 밤, 속옷만 걸친 채 바다에 빠지는 기분은 어떨까. 겪어봐야 비로소 알 수 있는 감정이라면 마다할 이유가 없지.

잠시 기다리라며 사라진 그는 스쿠터를 타고 돌아왔다. 뒤에 타라는 손짓에 나는 망설일 틈없이 그의 뒤에 올라 어깨를 잡았다. 곧 다이빙 포인트에 도착했고 그는 주섬주섬 옷을 벗었다. 그리고 망설임 없이 파도 위로 첨벙. 괜찮냐는 내 질문에 그는 말짱히 얼굴을 내밀고 "Just jump!"하고 소리쳤다.

캄캄한 어둠 속에서도 그의 웃음소리는 빛이 났다. 무엇이 그리 행복한 건지, 웃고 있는 그를 향해 몸을 던졌다.

그는 몸을 제대로 가누지 못하는 날 들어올려 잠시 여유를 느낄 수 있게 도왔다. 아주 짧은 순간, 고요한 바다를 둘러봤다. 파도가 벽이 아닌 내 가슴팍에 부딪혔다. 그리고 내 몸을 빈틈없이 꼬옥 끌어안았다.

누가 이리 빈틈없이 안아 줄 수 있을까.

방파제에 서서 파도소리를 듣고, 그 파도 박자에 맞춰 몸을 던지자 느껴지는 자유. 그 자유가 주는 위로. 나는 아무런 욕구가 없는 상태였다. 검은 바다를 빤히 바라보며 느낀 것은 해방감이었다.

불 꺼진 미술관에 앉아서 작품 구경하기, 빈 도로 위에 누워있기, 달리는 차 창문을 열고 손가락 쫙 펴기, 아무도 없는 해변을 거닐다 바다에 빠지기. 좋아하는 것이 자꾸만 늘어간다.

3부

저
별
이
내
것
이
길

❄

착한 척

나는 착한 사람을 좋아한다. 하지만 착한 사람이 정확히 무엇을 하는 사람인지는 모르겠다. '언행이나 마음씨가 곱고 바르며 상냥하다.'로 정의되는 뜻처럼 사는 사람은 얼마나 될까? 나는 내 솔직한 마음을 숨기는 습관으로 착한 척하며 세상을 사는 것 같다. 그런 나도 착한 사람에 속하는 걸까?

두달 정도 에어컨 설치 아르바이트를 했다. 그 업체 사장님은 쉽게 다가갈 수 있는 인상이 아니었다. 진한 눈썹과 온몸에 성나 있는 생활 근육들. 나는 면접을 보면서 사장님에게 압도당했다. 그 후 우리는 아침 일찍 만나 트럭을 함께 타며 가까워 질 수 있었다. 사장님은 아침을 꼭 챙기셨고 힘든 일은 가급적 본인이 직접 맡으셨다. 자신이 하는 일에 대한 확신과 자부심이 가득한 사람이었다.

　7월 대낮. 사장님과 나는 여수로 향했다. 도착한 곳은 바다가 보이는 카페. 알바 중에 지겹도록 본 여수 바다였는데 그곳은 조금 달랐다. 건물 꼭대기층에 오르면 산과 바다가 보였고 일하던 도중 고개를 돌릴 때마다 시원한 맞바람이 불었다. 무엇보다 좋았던 게 하나 있다. 대부분 실외기를 설치하기 위해 밖에 나가면 뙤약볕에서 쭈그려 앉아야 하는데, 이곳은 나무그늘에 철푸덕 앉아 설치할 수 있었다는 사실이다. 그늘 밑에서 일하는 내 모습을 가만히 바라보던 사장님은 가벼이 웃음을 보내고 눈을 돌리셨다. 여유를 부렸던 걸까. 해가 뉘엿뉘엿 지더니 이내 어두워졌고, 나는 그날 일을 마무리하지 못했다.

　피곤하다면서 운전대를 맡기려는 사장님께 말했다. 내일 다시 여기로 와야 되는데 근처에서 자고 아침에 뵙는 걸로 하면 안되냐고. 여수에서의 일은 끝났지만 순천으로 돌아가서 뒷정리가 남았기 때문에 엄연히 따지면 퇴근해도 되는 건 아니었다. 잠시 고민하던 사장님은 운전석으로 자리를 옮기며 말했다. '그럼 7시30분까지 늦지 말고 와.' 세상에… 기쁜 마음을 주체하지 못하고 '진짜요? 그럼 운전 조심하시고 안녕히 가세요! 수고하셨습니다.' 라고 인사를 한 후, 떠나는 사장님을 향해 꾸벅 인사를 드렸다. 정시 출근과 정시 퇴근이 생명인 알바에게 조기 퇴근보다 값진 복지는 없다. 그것도 끝내주는 바다뷰를 곁에 둔 채로 퇴근이라니. 나는 쿨한 사장님을 친구들에게 '착한 사장님'이라고 자랑했다.

하지만 함께 일했던 날들이 무색하게 시간이 지나자 사장님과 나의 관계가 틀어졌다. 예정된 기간이 끝나고, 급여 날짜가 일주일이 지나도록 급여가 들어오지 않은 것이었다. 1주일, 2주일, 시간이 흘렀다. 사장님을 믿는 건 불가능했다. 급여 날짜보다 3주가 지난 후 받은 금액은 합의했던 금액보다 훨씬 적었다. 많은 대화가 오갔지만 사장님은 자신의 계산이 맞는다는 말만 할 뿐이었다. 우리는 서로의 말을 듣지 않았다. 그렇게 당연한 권리를 버렸다. 함께 흘렸던 땀과 소중했던 서로의 숨소리는 기억하고 싶지 않은 나쁜 추억으로 남게 되었다. 나는 상대방에게 무엇인가 요구할 권리가 없다고 생각했다.

놓치고 빼앗겨도 웃어 보이는 게 편했던 것이다. 아둥바둥 강한 주장은 하지 않고 내 권리를 쉽게 포기했다. 습관적으로 착한 척하고, 불의한 일에도 그저 대충 넘어갔던 나를, 나는 그저 착한 사람인 줄로만 알았다.

달을 보지 못했다

거세게 내리던 비가 멈추고 쨍한 햇빛과 선선한 바람이 불어온다. 바람을 따라 건물을 나섰다. 가방이나 핸드폰 없이, 양손 가볍게. 시선은 허공에 두었다. 등골에 땀이 흐를 때쯤 벤치에 앉아 바다를 바라보았다.

나는 의자나 땅바닥 상관없이 등을 기대고 가만히 있는 걸 좋아한다. 아무것도 하지 않는 것처럼 보이지만 하루 중 유일하게 열심히 사는 순간이다. 가장 생각나는 음식이 무엇인지, 가고 싶은 곳이 있는지, 보고 싶은 사람은 누군지 따위의 질문을 하며 답을 찾으려 한다. 벤치에 쭈그려 앉아 있는 내게 행복하냐는 물음을 던지는 사람 역시 나 자신이다.

어느 날, 나는 행복하지도 않고 불행하지도 않다는 생각이 들었다. 행복한 상태도 아니고, 불행한 상태도 아닌, 그냥 무감각한 상태인 것 같았다.

한 감정에 치우치지 않아야 자신의 삶에 온전한 사람일까? 울음을 참지 못할 것 같으면 자리를 피해 덤덤한 척, 기쁜 일이 생겨도 그 기쁨을 내가 아닌 다른 사람의 몫으로 돌렸다. 그럴수록 울거나 웃는 일이 점점 사라져갔다.

무감각하게, 온전한 사람인 척했던 것은 현실을 더욱 단단하게 살아가기 위해서였지만 그것은 살아있는 감정을 죽이는 행동이었다.

바람이 지나는 길. 그 길에 시선을 뺏겨 달이 보이지 않았다. 어딘가에 숨은 달을 찾듯이 행복도 찾아야 하는 것이었다. 나도 이제부터는 그렇게 인생을 가꾸어 나가기로 했다.

버스 터미널

그리운 이름을 적고는 금세 지운다.
안심하고 비와 햇빛을 맞는다.
철저히 혼자의 공간을 만든다.
그래서 이젠 괜찮다.

H

어떤 관계

대낮의 흥분이 가라앉는 시간. 퇴근길에는 공원이 하나 자리하고 있다. 잔디공원이었다. 집으로 돌아가는 사람들로 분주했다.

공원 쪽으로 몸을 돌리고 눈빛을 교환한다. 나무마다 너구리인지 뭔지 모를 동물의 눈빛이 반짝였다. 나무 꼭대기에도, 나뭇가지에서도 우리를 쳐다보고 있었다. 천천히 들여다보았다. 아무렇지 않게 지나치는 사람들,

아름답다는 생각은 들지 않았다. 공원을 보고서야 내 기분이 어떤지 느낄 수 있었다. 한 발자국만 내딛으면 닿을 수 있는 공원이 너무나 멀게 느껴진다.

가까이 있지만 다가설 수 없는 어떤 관계처럼.

삐걱이는 숨소리

어느 날 숨에 잠겨 삐걱이는 숨소리를 들었다. 고르지 못한 들숨과 힘겹게 내뱉어지는 날숨소리. 울며 엄마한테 전화를 걸고 힘들게 숨 쉬는 모습을 설명했다. 엄마는 긴 한숨을 먼저 내뱉고 얼굴을 옆으로 돌리라는 말은 두 번째였다. 내게는 익숙하지 않던 상황이 엄마에겐 너무도 익숙했다. 그 후 잠든 아빠를 대처하는 방법을 배웠다. 잠을 잘 수 있게 돕는 역할 또는 외롭지 않게 곁에 남겨두기 위해서였다. 그렇게 같은 공간에서 같은 공기를 마셨다.

나 역시 사랑하는 사람에게 삐걱대는 숨을 내뱉고 후회한 적이 있다. 난 외롭지 않게 그녀를 붙잡아두었다. 어김없이 숨을 내뱉던 날, 그녀는 몇 가지 말을 남기고 떠났다. 술

마신 후 떠드는 하소연을 들으려는 사람은 많지 않다는 것, 우울함은 옮는다는 것과 혼자인 것을 달래려 하면 주위 사람이 힘들다는 것.

입 밖으로 꺼내지 못하고 떠나 보낸 말이 다시 내게 돌아왔다. 아빠를 좋아했던 이유는 가끔 손을 잡고 고맙다는 말을 잊지 않았기 때문이다. 하지만 난 고맙다는 말을 하지 못했고, 사랑하는 사람을 또 떠나 보내야 했다.

온몸이 젖을 만큼 비가 쏟아지거나 선선한 바람이 뺨을 스칠 때는 좋은 술을 넘긴다. 헤어진 애인이 생각나면 며칠이고 나쁜 술을, 생각이 많아 잠들 수 없으면 억지로 술을 따른다. 어느 사이에 나의 술 마시는 습관은 아빠를 많이 닮아 있었다.

그냥 그리워하기로 했다.

누구나 그렇듯 내게도 최선을 다해 한 사람을 사랑하던 때가 있었다. 그녀와 헤어진 이후, 나는 우리의 사랑 역시 흔한 사랑이야기 중 하나 일 거라고 생각했다. 하지만 그렇지 않았던 것 같다. 그녀와의 추억이 쉽게 잊혀지지 않았다. 그 추억들은 시간이 지나며 하나 둘 사라지거나 조각조각 나뉘었지만 여전히 마음 한구석에 저장되어 있다. 이 조각난 기억들 마저 잊기에는 그 순간이 그리울 때가 있다.

조각난 기억 속 나는 자신감에 차 있었고 긍정적인 아이였다. 좋은 건 좋은 대로, 싫으면 싫은 대로 단순하게 시간을 보냈다. 과거를 추억하는 이유는 그녀가 보고 싶은 때문이 아니었다. 그녀와의 추억이 마음 한 켠에 있었지만 그리운 것은 나 자신이었다. 여름에 굳이 동해까지 놀러가지 않아도 에어컨 하나면 충분하던 나. 흩날리는 눈발에 몸을 던지던 나.

가끔 추억을 되새김질하는 나를 보며 친구들은 지나간 관계는 그만 잊으라 말한다. 돌아갈 수 없는 과거를 그리워하는 것이 그리 죄도 아닌데 말이다.

좋지 않았던 기억은 잊고 좋은 기억만 추억하는 건 당연한 게 아닐까. 그래서 나는 미화된 기억 속, 내 모습을 원 없이 그리워한다.

어떤 만남

　말없이 그녀를 보러 갔다. 그녀는 그런 행동이 부담스럽다며 그를 밀어내고 했다. 그가 그녀를 만나러 갈 수 없게 된 후 그들은 꽤 긴 시간 서로를 볼 수 없었다. 문자만 주고받으며 며칠이 지나고, 그는 그녀에 대한 그리움을 풀 다른 방법을 찾았다. 목소리라도 듣는 것이었다. 핸드폰을 손에 쥐고 서로의 숨소리를 들으며 잠이 드는 날도 있었다. 하지만 점차 그마저도 할 수 없게 되었다. 그저 멀어지는 간격을 바라만 보아야 했다.

　그들은 시간이 지나도 서로의 진심을 알 수 없었다. 둘의 관계는 결국 끝이 났다.

알 수 없는 감정을 안고 사는 일

 섣불리 누군가를 믿었다. 몇 번은 상대방을 내 마음대로 좋아했다. 좋아하는 마음을 가지는 것은 개인의 자유지만 오해와 착각은 마음을 오래도록 괴롭힌다. 사람에게도 이런 저런 착각을 자주 하는 나는, 정확한 사실이 아닌 것을 보고도 그것을 사실인 것처럼 착각을 할 때가 많다.

 까마귀가 매일 축사에 앉아 울던 때가 있었다. 같은 자리를 맴돌며 저리 우는 까닭은 무엇일까? 그야 당연히 슬픈 일이 있어서겠지. 날이 갈수록 더 많은 까마귀가 찾아왔지만 쫓아내지 못했다. 그들의 울음이 점점 커지고 서글퍼졌다.
 하지만 까마귀가 우는 이유는 먹이를 발견하고 동료에게

알리기 위해서라는 걸 알았을 때, 나는 배신감으로 한동안
속이 쓰렸다.

이런 내가 사람에게 하는 착각은 어떻겠나.

누군가를 속으로만 좋아하는 일이 내게는 버거운 일이
다. 잠이 들기 전에 생각나는 사람이 생긴 순간, 그 사람은
나의 일상에 많은 영향을 끼친다. 생각을 거듭할수록 내게
좋은 감정이 있을 수도 있다는 착각을 한다. 착각에서 벗어
나는 건 내 생각이 틀렸다는 말을 들은 후에 가능하다.

알 수 없는 상대방의 감정을 안고 사는 일. 나는 그 일을
몇 번이고 반복했다.

착각을 자주 한다는 걸 안 뒤로는 내가 믿고 있는 사실이
착각이면 어쩌나, 혹은 착각하고 있다는 게 누군가에게 들
통날까봐 두려웠다. 지금은 세상에 무관심한 태도를 취하며
나에 대해 또는 누군가에 대해 떠도는 말을 듣지 않는다.

꽃샘추위

봄이 올 때 즈음 눈이 내리기 시작했다. 햇빛이 들지 않는 창문을 닫았다. 거울에 비치는 것들은 힘을 잃은 상태였다. 시들어가는 화분과 향기를 잃은 초, 벽지를 갉아 먹는 사진. 봄이 와야 다시 살아날 것 같았다.

그해 겨울, 가장 추운 밤이었다. 그날 밤 그녀는 그녀만의 길을, 나 또한 나만의 길을 선택했다. 우리는 테이블을 사이에 두고 점점 멀어졌다. 서로의 소주잔을 채우며 오가는 손짓도 마지막이란 걸 알았다. 술잔이 부딪히는 소리가 새벽까지 이어진 이유는 인연을 끝내는 아쉬움이 아니었다. 내 손이 그녀를 놓지 못하고 붙잡아둔 탓이었다. 그녀 눈동자에서 더이상 내 모습을 볼 수 없었다. 그렇게 사람을 잊는 시간이 필요해졌다.

　겨울이 지나면 기어이 봄이 온다. 화분과 향초는 버려지고, 사진은 서랍 속으로 들어갔다. 집 밖으로는 꽃가루가 날렸지만 방은 여전히 냉기가 돌았다. 겨울과 봄 사이에 갇힌 듯 했다.

마음이 바뀌지 않는 시간

억지로 상대의 마음을 바꾸려 들었다. 나는 그것을 짜장면에서 짬뽕으로 바꾸는 변덕처럼 간단한 일이라 생각했다. 그녀의 주변을 배회하다 보면, 향기 좋은 꽃을 들이밀다 보면. 변화가 올 것만 같았다.

나에 대한 상대의 마음을 바꾸는 것. 얼마나 긴 시간을 흘려야 하는지 나는 아직 모른다.

적당히 비가 내리고

따뜻한 햇빛이 몸에 닿는다. 이 감촉은 기분을 들뜨게 한다. 모든 날이 햇빛으로 가득하다면 좋겠지만 그렇기를 바라지 않는다. 기분이 붕 떠 있는 날에는 무언가 잘못됐다는 생각이 먼저 들기 때문이다. 주체할 수 없을 만큼 들뜬 내입에서 무엇이 튀어져 나올지, 어떤 실수를 할지, 무언가 잊은 건 없는지 알 수가 없다. 그래서 내게는 적당한 기분을 유지하기 위해 들뜬 마음을 자제시키는 습관이 있다.

장마가 끝나고 맑은 하늘이 시작된 날이었다. 불어난 하천을 따라 걸었다. 오랜만에 내리쬐는 햇빛에도 발걸음이 무거웠다. 며칠 뒤 부산에서 누군가와 만나기로 했으니 말이다. 들뜬 마음에 다른 약속 시간은 잊어버리고, 소지품을

식당에 두고 와 곤욕을 치러야했다. 마음을 가라앉히기 위해 약속이 취소될 수 있다는 생각과 혹시 모를 온갖 변수들에 대해 상상했다. 그렇게 나 자신을 다그치며 적당한 기분을 유지시켰다. 마음이 왔다 갔다 하는 것은 길었던 장마가 끝났기 때문만은 아니었다.

　기다리던 약속한 날짜에는 적당히 비가 내렸고 햇빛 역시 적당히 내리쬐었다.

　겨울에서 봄이 되기 전, 찬바람과 함께 비추는 햇빛.
　점심을 든든히 먹고 벤치에 앉아 마시는 커피.
　창가 너머로 쏟아지는 비를 바라보는 어느 휴일.
　적당히 좋고, 적당히 지겨운 기분이 드는 일.

　뜨겁게 해가 비칠 때 비를 내려 몸을 적시고,
　머리가 띵하게 추운 날에는 눈을 내려 마음을 따뜻하게 하듯.
　식은땀 흘리며 몸 져 누운 것이 감기에 걸린 건지 이별에 걸린 건지 헷갈리 듯.
　삶에 없어서는 안 될 적당한 일들. 열심히 살고 싶지 않은 이유는 이런 일들을 놓치고 싶지 않기 때문이다.

기다린다는 건

카페에 한 여자가 서 있다. 그녀는 자신의 이름이 적힌 커피를 받아들고 자리에 앉는다. 빨대를 물어뜯고, 다리를 꼬았다 풀었다 반복한다. 어쩐지 그녀의 눈빛이 초조해 보인다. 이별을 준비 중인 애인을 기다리는 것 같기도 하고, 어제 본 면접 결과를 기다리고 있는 것도 같다. 그녀의 눈빛이 어떻게 변하는지 보고 싶지 않아 슬며시 카페를 나왔다.

내게 첫 기다림은 벤치에 앉아 오지 않을 당신을 기다리는 일이었다. 그 후로 끊임없이 누군가를, 뭔가를 기다린다. 더는 닿을 수 없는 관계를, 우연한 만남을. 인간관계에서만 그런 건 아니다. 나뭇잎이 떨어질 때면 봄이 오기를, 물이 빠지면 다시 물이 차기를 기다린다. 몸을 기울이고, 쓴 공기맛을 애써 견뎌보며.

　너와 나, 겨울과 봄 그 사이에 서 있다. 언젠가 올지 모를 너를 기다리는 중인지도 모르겠다. 그리곤 봄이 오면 내 마음도 따뜻해지겠다.

혼자가 좋다는 거짓말

혼자가 좋다는 말을 자주 하고 다녔다. 외롭지 않냐 물어오면 외로움을 즐기는 거라 말했다. 여행은 혼자보다 둘이 즐겁다는 말에는 혼자가 되어야 비로소 알 수 있는 것들이 있다고도 했다. 하지만 나는 외로움을 좋아하지 않는다. 혼자 시간을 보내는 동안 깨달음 따위를 얻은 적도 없다. 혼자가 좋다는 거짓말이 스스로마저 속인다는 걸 알지 못했다.

이제는 혼자가 좋아질 수 있다는 기대를 버리게 되었다.

내가 가진 타인

가만히 창밖을 주시한다. 햇빛이 들지 않는 자리, 창문 너머로 하루를 볼 수 있다. 길바닥에 한 평의 집을 짓는 사람들. 그들 옆 걷지 못하는 강아지, 당연한 듯 부는 바람. 지워지지 않을 상처가 난다.

외로움을 지워야 더 나은 삶을 살 수 있다고 생각했다. 외로움에서 탈출할 수 있는 유일한 희망은 누군가의 공이 되는 것이었다. 던져지고 차이는 공은 온기를 느끼기 위해 밖으로 나온다. 공의 역할은 누군가를 즐겁게 해주는 것이다. 이리저리 통통 튀어야 하고 그러기 위해선 가벼워야 한다. 물에 젖기라도 하면 공은 더 이상 필요 없어지고, 그것은 물기가 마를 때까지 운동장 구석에 남게 된다. 홀로 남겨진 모습이 안쓰러워 보여도 뒤돌아 보는 이는 없다. 그렇게 시간이 지나면 결국 아무도 그 공을 찾는 사람은 없다. 가벼워지려는 노력을 할수록 물기는 마르지 않고 더 깊숙이 젖는다.

외로움은 결국 나와 한 몸이 되었다. 마음속에 감춰둔 외로움은 혼자가 되면 세상으로 나온다. 그래서 힘껏 혼자가 되는 시간을 갖는다. 가끔 주위의 시선이 부담스러울 때면 혼자가 좋다는 거짓말을 한다.

창문에 그을린 자국, 금이 간 갈림길, 먼지 조각을 본다. 빛이 들지 않는 자리. 결국 지워지지 않아 나는 그것들과 함께 한다.

저 별이 내 것이길 바라는 마음

밤하늘 별을 보다가 숫자를 센다. 또, 저 별이 내 것이길
바란다.

머릿속에서 실패를 반복하다 보면 마음이 편해진다. 기
대한 일은 이루어지지 않을 거란 걸 인정한다.

기대하지 않고 진심으로 바라지 않을 때 작은 기쁨이 찾
아온다. 오늘도 기대하는 좋은 일은 일어나지 않을 거라고
되뇌인다.

H

4부

서로

다른

방향을

집이라 부르기로 했다

석촌호수의 벚꽃 잎이 떨어질 즈음이었다. 나는 자취방을 정리하고 고향으로 내려갔다. 집으로 들어가는 길의 벚나무는 이제서야 꽃을 피우고 있었다. 늦게나마 꽃봉오리를 터트리는 모습을 올려다보니 눈이 부셨다. 하루에 단 몇 시간 정도 햇빛이 드는 산길은 벚나무가 살아남기 버거울지도 모른다. 자신의 자리가 아닌, 남의 공간을 빌려 사는 일에 나는 공감했다.

3년의 기숙 생활을 마치고 20살이 된 나는 오로지 서울로 진학하길 바랐다. 그 해, 첫 자취방은 남부터미널이 보이는 오피스텔이었다. 그 뒤로 낙성대역, 사당역을 거쳐 멜버른과 브리즈번에서 생활을 했다. 호주를 빠져나와서는 롯데

월드가 보이는 반지하였다.

　이 중 어느 곳 한 군데도 나는 그곳을 집이라고 생각한 적이 없다. 방 계약을 마치고 나면 그곳은 언젠가 나의 물건을 빼고 비워야 할 곳이 될 뿐이다. 씻고 잠만 자는 공간을 집이라고 부르고 싶지 않았다. 그럼에도 자주 방을 옮겼던 이유는 집도 아닌 것이 금방 싫증 나고 지겨워졌기 때문이다. 이런 마음을 누군가에게 이해시키는 일이 여간 성가신 게 아니었다. 그래서 이 공간들을 그냥 '집'이라 부르기로 했다. 나는 그 '집'에서 기억에 남는 선명한 꿈을 자주 꿨다.

　12월 31일 밤, 혼자 새해를 맞이하는 일이 세 번째 되는 날이었다. 꿈을 꾸며 몸이 움직이지 않는 이상한 일이 내게도 벌어졌다. 말로만 듣던 가위를 눌리는 것도 같았지만 귀신은 나오지 않았다. 꿈속 나는 누군가 도어록을 부수고 문을 여는 모습을 바라보고 있었다. 그때 처음 몸이 말을 듣지 않는 기분을 느꼈다. 침대 밑으로 망치, 도끼, 전기톱이 던져졌다. 누군가가 그것들을 누워있는 내 얼굴 앞에 들이밀었다. 그리고 전기톱을 껐다 켜기를 반복했다. 그 사람은 자신의 손에 피가 묻는 게 싫은 건지 내 멱살을 잡고 창문 밖으로 던졌다. 땅에 떨어져 위를 올려다 보니 그곳은 7층 높이, 카키색 외벽. 그곳은 처음 자취를 시작한 오피스텔이었다.

그날의 악몽은 흩날리는 벚꽃길을 지나면서도 잊혀지지 않았다. 고향에 내려온 것은 시골의 정을 느껴보려는 심산이 아니라 마음의 안정을 조금이라도 찾기 위함이었다. 꽃의 자리를 차지하고 있는 잡초와 마당 앞에 놓인 항아리…, 비록 모든 것들이 엉망진창이고 뒤죽박죽이었지만, 오히려 너저분히 널려있는 물건들을 보고 내가 느낀 것은 안도감이었다. 가슴을 짓누르고 있던 긴장감 같은 것이 사라지는 것만으로 집에 오길 잘했다는 생각이 들었다.

소나기

    소나기 같던 비가 그치지 않았다. 아무래도 태풍이 오나 보다. 어젯밤, 거세진 바람에 나무가 넘어졌다. 태풍 속에 갇히면 어쩌나 걱정했다. 하늘이 어두운 걸 보니 한동안은 비바람에 맞서야 할 것 같다.

방황의 끝

밤새 술을 마시고 집으로 돌아가는 길에 일출을 보았다. 일출을 보면 늘 떠오르는 어떤 과거에 생각이 잠겼다. 행복했던 과거도 아닌 것이, 어딘가 찝찝한 과거가 떠올라 어김없이 우울해진다. 일출을 보는 날 대부분은 정상적인 컨디션이 아닌 것은 아마도 나의 과거, 그 우울한 추억들 때문일 것이다.

출근길 비바람이 쳤기 때문에 죄송하다는 말을 남기고 목적지 없는 버스를 탔던 어느 여름. 밤새 술을 마시고 집 열쇠를 잃어버린 다음 날, 방을 빼겠다고 부동산을 찾아간 겨울. 사소한 일이 마음에 들어와 빠져나가지 못하고 방황했다.

신발을 벗고 2층 침대에 몸을 눕혔다. 창문 밖으로 기차 역을 향해 걷는 사람들의 모습을 내려다 보았다. 그중 노란 점퍼를 입은 사람이 눈에 띄었다. 비틀거리며 햇빛을 등진 채 걷는 모습과 뒷목을 비추는 해를 가리는 뭉툭한 손, 축 처진 어깨. 스윽스윽 발목에 걸려 끌려가는 신발 소리. 1시간 전, 집에 들어오는 내 모습과 닮아보였다.

해가 창문으로 보이지 않을 만큼 올라가면 방 안은 더운 공기로 득실댄다. 그 더운 공기에 잠에서 깼다. 일단 베란다에 나가 담배를 피웠다. 빨간 담뱃불을 탁탁 털어내고 밤새 뒤척인 몸을 씻고 옷을 고르고 무슨 신발을 신을지 정하고 나면 방황할 준비가 끝난 것이다. 방황하는 시기, 밤을 꼬박 새우고 나는 해가 거의 질 때쯤 바깥 공기를 마시곤 했다. 그리고는 앞사람과 적당한 거리 유지를 위해 시선은 발끝에 고정하고 거리를 걷는다.

생각이 꼬리를 물고 늘어지는 밤, 일출을 본다. 해가 떴지만 잠이 오지 않을 때도 있다. 그런 날은 철없는 행동을 하지 않았는지, 방황하는 모습을 누군가에게 들키지 않았는지, 하루를 복기한다.

다시 일어설 수 있는 힘

"그때 다른 선택을 했더라면 더 나은 오늘을 살고 있겠지."

"좀 더 노력했다면 보다 많은 걸 이루었겠지."

사업을 시작하거나, 꿈을 위해서 공부를 하거나, 연애를 할 때 역시 늘 자신감이 필요하다. 근거 없는 자신감이라도 상관없다. 이 자신감은 나 자신을 사랑 하는 데서 온다. 하지만 자신을 사랑하는 일 역시 쉽지 않다.

먼저 부정적인 생각에서 벗어나야 한다. 나 스스로를 지나치게 객관화할 필요는 없다. 남들의 시선을 의식할 필요도 없다. 그저 스스로를 아껴주기만 하면 변화를 느낄 수 있다. 그게 아주 미세하더라도.

후회는 늘 남기 마련이다. 그럼에도 자신의 과거를 인정
하고 존중한다면 삶에 큰 변화가 온다.

H

유통기한 3개월

내가 여행을 떠나는 이유는 여러가지가 있다. 첫째는 사람 냄새에 지쳐 현실과 멀어지기 위함이다. 이 때문에 여행을 갈 때는 되도록 사람이 없는 곳을 선호한다. 또 하나는 매일 똑같은 하루에서 벗어나 내일은 다른 하루를 만들기 위해서이다. 지루한 일상이 3개월 이상 지속되면 안정감은 커녕 어디선가 균형이 깨지고 있다는 생각이 든다. 이 금 간 자리를 메우는 것이 여행의 가장 큰 목적이다.

최근 서해 갯벌이 세계유산으로 지정됐다. 멸종위기에 놓인 철새들의 쉼터로 중요한 역할을 한다는 이유였다. 뉴스를 통해 이 소식을 들은 나는 철새의 하루를 상상했다. 긴 비행 동안 한 번 밖에 못 쉬는 새가 안쓰럽게 느껴졌다. 하지만 그 하루를 내 기준에 맞추면 안된다는 생각이 들었다.

왜냐하면 철새들에게는 그 시간이 알맞은 휴식이 될 수도 있기 때문이다. 철새가 안쓰러워야 할 때는 잠시라도 쉴 공간이 사라지거나 휴식시간이 없을 때 일지도 모른다. 나는 함부로 철새의 하루를 무시했는지도 모르겠다.

휴식의 방법과 타이밍, 장소가 누군가와 같을 수 없다. 삶의 균형을 맞추는 것은 온전히 나 자신을 위한 일이며 그 균형은 나만의 것이다. 그렇다고 그 균형이 평생 영원하다는 건 아니다.

외부의 압력으로 인해 균형이 깨지는 모습을 목격하고 경험했다. 그 후 깨진 균형을 다시 맞추는데 오랜 시간이 걸린다는 점과 앞으로도 자신의 의지로 바꿀 수 없는 일들이 생긴다는 걸 안다. 나는 그 일을 삶의 일부로 받아들이고 싶다.

아침에 일어나서는 차가운 커피를 마시고 잠들기 전에는 따뜻한 차를 마신다. 낮에는 누군가를 위해 살지만 해가 지면 나 자신을 위한 시간을 갖는다. 일주일에 두 번 온전한 하루가 생긴 날에는 커피나 차가 아닌 술을 마시며 휴식을 취한다. 3개월간의 균형이 지속되면 어딘가로 여행을 떠난다.

서로 다른 방향을 향한다

여름밤이면 옥상에 오르는 일을 즐겼다. 옥상에서 별을 본 건 처음이었다. 울어야 하는 일이 생기면 올랐고 즐거운 상상을 하며 시간을 보낸 적도 꽤 있다. 하루가 끝나야만 볼 수 있었던 별은 언제나 날 위로했다. 별을 보며 스스로 솔직해진 순간을 느꼈던 것 같다.

하루를 아무것도 하지 않은 채 보낸 적도 있지만 때로는 하루가 어떻게 지나가는지 모를 만큼 치열할 때도 있었다. 내가 본 세상에는 누군가는 치열하게, 또 누군가는 게으르게 산다. 그렇다고 어떤 하루가 옳은지 단정할 수 없다. 언제나 밝게 빛나는 사람과 어두운 그림자를 지닌 사람, 스스로에게 솔직한 사람과 그렇지 않은 사람. 자신의 하루가 옳다고 장담하는 사람 등등, 수없이 많은 사람들이 존재한다. 그중 나는 게으르고 어두운 사람이다. 그리고 스스로에게 솔직하고 싶은 사람이다.

솔직했던 순간을 떠올리며 다시 별을 찾았다. 서울 하늘에서 올려다 본 별과 시골집 옥상에서 본 별은 서로 다른 모습이었다. 손에 잡히지 않는 것들에게도 비교할 수 없는 각자의 모습이 존재했다. 서로 다른 방향을 향하는 거라 말하는 사람이 되고 싶어졌다.

우리 아저씨

어느 날, 엄마는 술 한잔 하자며 시간을 내보라고 했다. 술이라고는 입도 못 대는 엄마가 무슨 일일까? 내 예상이 맞는다면, 엄마와의 술자리가 조금 이른 것 같다.

엄마는 낯선 아저씨와 함께 있었다. 짐작한 상황이 맞았다. 아저씨와 처음 만나는 자리에서 나는 아무런 말도 하지 못했다.

엄마에 대한 배신감도 들었고, 왜 낯선 사람과 술을 마셔야 하는지 심술이 났고, 그 사람이 자연스레 우리 집 소파에서 잠드는 모습이 불쾌했다. 세탁기 문을 열면 아저씨의 옷들이 자리를 차지하고 있어 다음 차례를 기다려야 할 때도 있었다. 엄마의 옷과 아저씨 옷, 내 옷까지 같이 빨아야 하는 상황이 생기면 다 엉킨 빨래를 털어 널어야 했다.

내가 심술 가득한 시선으로 바라보는 동안 아저씨는 남자친구의 역할뿐 아니라 가장의 역할까지 맡았다. 엄마 혼자 할 수 없는 일을 자신의 일처럼 여기며, 온몸이 흙으로 뒤덮이는 농사일을 마다하지 않았다. 오디나무 가지에 올라 머리에 벌레가 드글거려도 개의치 않는 모습에 나는 감동을 받았고, 조금씩 마음이 열리기 시작했다.

개구리가 울기 시작할 즈음, 어느 밤이었다. 어느 날 아저씨는 복통을 호소했고, 작은 병원에서 큰 병원으로, 큰 병원에서는 암 전문 병원으로 옮겨졌다. 마침내 아저씨는 대장암으로 판정되었다. 당장 내일 해야 할 모내기를 누군가에게 떠넘길 수 없는 상태였기 때문에 병원 치료를 계속 받기도 어려웠다. 하루빨리 치료를 시작해도 모자랄 판이었지만 아저씨는 '1~2주 더 지난다고 암이 얼마나 자라겠어.' '모내기만 마무리하고 입원하자.' 라며 퇴원을 결정했다. 그러고는 다음 날, 아저씨는 이앙기에 올라 모를 심었다. 입원을 2주나 미룬 것이다. 그들은 서로를 배려하느라 울고 싶은 마음을 참고, 웃음을 짓는 것처럼 보였다. 엄마는 모내기를 다 끝내고 바리바리 짐을 쌌다. 끊임없이 농담을 던지던 아저씨도 그때만큼은 입을 꾹 닫고 있었다. 나 역시 무어라 말을 꺼내야 할지 몰랐다. 그 후, 개구리 울음소리는 멈췄지만 아저씨는 12번의 치료를 더 받아야 집으로 돌아올 수 있었다.

항암치료가 끝난 후에도 엄마와 아저씨의 삶은 크게 달라지지 않았다. 그 모습을 지켜보는 내가 답답할 지경이었다. 당장 해외는 못나가더라도 제주도는 갔다 왔으면 좋겠다는 내 말에 엄마는 '가면 좋지, 근데 곧 농사철이라 안돼…' 라고 했다. 아저씨 또한 1년 농사 망치면 안된다며 손사레를 쳤다.

암에 걸린 와중에도 삶의 변화 없이 지내는 아저씨, 그런 아저씨를 감싸는 엄마가 싫었다. 성치 않은 몸을 가지고 일하는 것은 본인이니까 나 몰라라 해보았다. 나를 포함한 자식들 때문이라면 더이상 우리들을 위해 살지 않아도 된다고 그쳐 보기도 했다. 긴 농사철 내내 두 분을 돕기는 커녕 괴롭히기만 한 것이다. 그들의 하루가 얼마나 눈코 뜰 새 없이 바쁜지 들여다 보지도 않은 채 말이다.

겨울이 오자 엄마와 아저씨 손에 비행기 티켓이 쥐어졌다. 두 분은 맑은 웃음을 나누었다. 엄마의 미소를 보고 여행을 가는 게 그렇게 좋냐고 물었다. 엄마는 여행이 대단히 좋거나 농사철이 끝나서 웃는 게 아니라 아저씨랑 있으면 평소에도 이렇게 웃는다고 했다.

맑은 웃음을 짓는 두 분의 모습을 보고 '함께하면 뭐든지 해낼 수 있다.'는 진부한 표현이 왜 여전히 쓰여지고 있는지 알게 됐다.

찬 바람

최근 들어 아침저녁으로 쌀쌀한 기운이 감돕니다. 그럴 때면 평소보다 오래 이불을 안고 있습니다. 창문 너머로 들어오는 바람에 몸이 나른해집니다.

아무래도 가을을 서둘러 준비해야 할지도 모르겠습니다. 작년보다는 긴 가을이, 그리고 겨울이 되겠기에 말입니다.

모두 제 잘못입니다

산골짜기에서 지내다 보니 풀을 죽이는 일이 잦아졌습니다. 눈에 거슬리는 잡초를 죽이는 일이지만 사실 농약을 뿌리는 일은 마당에 자라는 모든 새싹에게 독약을 뿌리는 행위입니다.

소들이 잘 자랄 수 있게 아침저녁으로 배식을 하면서, 다른 한 편으로는 뒤돌아 풀씨들이 더 이상 자라지 못하게 막는 것입니다. 그래서 저는 혼란스러운 밤을 보내곤 합니다.

생명을 키우면서 생명을 죽이는 것이, 소나 닭을 키우면서 그와 닮은 고기를 먹는다는 것이 괴로울 때가 있습니다. 하지만 제일 괴로운 건 난 그저 위선자라는 사실을 깨달을 때입니다.

무언가 장담하는 일

꽃이 피고, 싱그럽게 풀이 자라며, 나뭇잎들이 떨어지는 일. 겨울이 오면 그 모든 것이 하얗게 덮이는 일. 해가 뜨고 달이 뜨는 일. 몸이 늙어 가만히 죽음을 맞이하는 일. 세상에는 너무나 당연한 것들이 널려있다.

절대 하지 않는다, 절대 먹지 않는다. 어떤 문장 앞에 '절대'라는 단어가 붙으면 그 문장은 강한 힘을 갖게 된다. 얼마큼의 확신이 있어서인지 모르지만 나는 장담이 담긴 말을 내뱉곤 했다. 확신이나 믿음을 주기 위해 무언가 장담하며 손가락을 걸고 약속했던 것이다. 그럼에도 불구하고 뱉은 말을 지킨 적이 그리 많지 않다. 그럼에도 그게 친구, 연인, 나 자신이든 상관없이.

집 앞에 단골 백반집이 있었다. 식탁에는 시골밥상처럼 소박한 반찬이 올라왔고 메뉴는 김치찌개, 오삼불고기, 뼈 없는 닭갈비 등, 비교적 간단했다. 혼자 먹기 좋은 조용한 곳이라 쉬는 날 점심이면 늘 그 가게에서 밥을 먹었다. 김치 찌개에 두부가 들어가는 것을 본 나는 늘 닭갈비와 오삼불 고기만을 고집했다. 그런 나를 지켜보았던 건지 사장님께서 두부는 넣지 않을 테니 김치찌개도 먹어보라고 권하셨다. 그 말을 들은 나는 손사래를 치며 평소 하시는 대로 김치찌 개를 부탁드렸다. 어쩌면 두부를 절대 먹지 않겠다고 장담 했던 내 입맛이 바뀌었을지도 모르니까. 몽글몽글한 두부가 입속에 들어와 뭉개졌다. 두 조각을 먹고 더 이상 먹지 않았 지만 시도만으로 만족스러웠다. 그 날 이후로 머릿속에서 두부의 맛이 잊힐 때쯤이면 김치찌개에 든 두부를 먹어보고 는 한다. 변하지 않을 것 같던 입맛이 변할 수 있듯이, 무심 코 장담했던 일들이 언젠가는 바뀔 수 있다고 믿기로 했다. 그리고 절대 먹지 않거나, 절대 하지 않겠다 다짐한 일을 하 나씩 시도해 보는 중이다.

누군가의 손길에 꺾이는 꽃과 태풍을 견디지 못하고 쓰 러지는 나무. 도시를 집어삼킨 폭우와 눈이 내리지 않는 겨 울. 당연하다고 생각했던 일들이 사라지고 있다. 무언가 장담하기에는 어떻게 변할지 모르는 하루가 무섭기도 하다.

허무한 것들이 내는 소리

친구를 찾아갔지만 친구는 날 제대로 보지 못했다. 나 역시 제대로 볼 수 없었다. 우리 사이가 조금씩 멀어지고 있는 게 느껴졌다. 만질 수 없을 만큼 멀어질까 두려워 친구의 팔을 쓰다듬었다. 친구 손등의 털은 팔꿈치까지 길게 자라있었다. 바람을 느끼고 흙을 만지던 날들을 그려보았다.

친구 집에서 술 마시기로 한 날이었다. 주문한 안주가 오기도 전에 잔에 술을 채우는 모습이 평소와 다르게 느껴졌다. 술병이 얼마나 늘었을까.

'당분간 서울 가지 말고 같이 살면 안 돼?' 만나지 못한 몇 개월간 외로움이 많이 자란 것 같았다. 하지만 친구가 키우던 고양이 털을 핑계로 같이 살자는 부탁을 거절했다. 조언이나 위로는 물론이고 아무 도움도 주지 못했다. 술기운에 오글거리는 말을 주절거리긴 했던 것 같다. '네가 어디에서 뭘 하든 응원하겠다.' '언제든지 전화해서 내게 하소연해라.' '네 마음 속에 늘 내가 있다고 생각해라.' 친구가 잠든 새벽, 나는 이런 말을 던져두고 그 집을 빠져나왔다. 친구의 부탁을 외면했다는 죄책감에 며칠 앓았다.

걱정 없이 해맑은 시절을 함께 한 사람이 있다는 것은 분명 위로가 된다. 어딘가에 변함없이 날 응원해주는 사람이 있다는 걸 되뇌이지 않아도 마음이 알고 있는 기분. 만약 그 사람이 사라진다면 얼마만큼의 공허함이 느껴질지 모르겠다.

교통사고를 당했다는 말과 병원에 누워서 사라지는 삶을 붙잡지 못하고 있다는 말. 이만 끊어야겠다는 친구의 목소리에서 떨림이 전해졌다. 늦은 밤, 술을 마시다가 이 소식을 들었다. 술에 취해 판단력이 흐려진 상태였고 당장 광주로 향하지 않으면 더이상 친구를 만날 수 없을 것 같은 기분이 들었다. 아침 일찍 병원에 도착해 짧은 면회를 마치고 나왔다. 그때 처음 친구의 손을 잡아보았다.

그 후, 병원을 자주 찾아가지 않았다. 아무 말없이 누워 있는 모습을 바라만 보는 게 쉽지 않았다. 몇 개월 만에 찾아간 병실은 여전히 고요했다. 창밖으로 내리는 굵은 빗소리만 병실에 울려퍼졌다. 4인실의 귀한 창가 자리지만 친구는 창밖 풍경에 관심 없나 보다. 가지런히 겹쳐진 친구의 두 손 위에 내 오른손을 올렸다가 땀에 젖은 내 손이 불편할까 금세 내렸다. 정면만 응시하는 친구의 얼굴을 바라보는 일이 버겁다.

거세게 내리는 빗방울이 창문에 부딪히는 소리와 친구의 미세한 심장박동 소리. 내 이름을 듣고 반응하던 친구의 몸이 점점 굳어가는 걸까. 손등에 뻗쳐 있던 털들이 힘없이 쓰러지고 있다

함부로 지나쳐버린 우리의 시간을 떠올리며 날 원망했다. 삶이 허무하게 느껴지는 것은 당연한 일이었다.

끝내, 사라졌다, 걸렸다, 쓰러졌다, 눈을 뜨지 못한다, 가망이 없다. 허무한 것들이 내는 소리는 가슴에 닿아 뜨거워지고 머리에 닿아 차가워진다. 그 소리들을 버텨내라는 억지스러운 말을 하지 않는다. 상실감을 해결하는 건 시간의 몫이니까.

H

지나갈 시간

어쩌면 이게 행복이구나 했던
세상 온 불행이 내게 쏟아졌던
모든 시간은 결국 지나간다.

봄부터 함께한 새싹이 어느새 자라 독립을 선언한다.

　　하늘을 보니 가을이 와 있었다. 가을이 오면 외로움을 느끼는 순간이 잦아진다. 그럴 때면 난 혼자가 되어 어딘가로 떠난다. 그래서 단풍이 물들고 낙엽이 쓰러지기 전에 가을이 온다는 걸 눈치챌 수 있다. 쓸쓸함이 어울리는 계절. 떨어지고 사라지는 게 당연한 계절. 난 이런 가을을 좋아한다.

　　명상을 처음 시도했던 것도 가을 아침이었다. 작은 벤치에 앉아 호수 쪽으로 몸을 돌렸다. 눈을 감으니 그동안 미뤄두었던 생각들이 머릿속에 하나 둘 떨어졌다. 난 아무 생각도 하지 않기 위해 나무가 되었다.

　　물이 뿌리를 타고 몸속에 들어왔다. 가지 하나하나 물이 흐르고, 가지 끝에 걸린 잎은 사르르 허공을 가르며 떨어졌다. 물이 나무의 몸속으로 들어가 움직이는 생동감, 떨어지는 나뭇잎을 보며 짓는 걱정스러운 나무의 눈빛. 그것들이 내게도 그대로 전해지는 듯 했다.

눈을 떠 호수 위에 놓인 나무를 바라보았다. 나무는 들어오는 물을 막거나 떨어지는 잎을 붙잡지 않았다. 가을을 가득 머금은 나무가 쓸쓸하게 호수에 비쳤다.

붉은 노을과 잔잔한 호수, 떨어지는 단풍잎. 내 모습은 그 쓸쓸함을 닮아가고 있었다.

5부

마음이　바뀌는　시간

뒤를 바라보는 것

걷는 일을 좋아하는 편이라 제주도가 생각나면 올레길을 걷는다. 올레길을 3일간 걷는 일정을 잡고 제주도에 갔다. 하지만 고작 하루 걷고 엄지발가락에 물집이 잡혔다. 커질 대로 커진 물집을 보고 어이가 없어 웃음이 터졌다. 이튿날, 숙소에 가기 위해 일단 걷기로 했다. 온 신경이 발가락에 쏠려 제주도의 풍경을 볼 여유가 사라졌다.

길을 걷다 고개를 돌리면 발가락에 압력이 가해져 머리 끝으로 짜릿한 전기가 올랐다. 나는 어떻게 하면 발가락이 덜 아프게 걸을 수 있을까 그 고민 뿐이었다. 그럼에도 발가락을 오므리거나, 뒤꿈치를 신발 끝에 딱 붙이는 것 말고는 방법을 찾지 못했다.

그늘아래 앉을 수 있는 곳이 보일 때마다 쉬는 시간을 가졌다. 신발을 벗고 지나쳐 온 길에 시선을 주어야만 제주도의 풍경을 볼 수 있었다.

앞을 바라보며 걷는 기분과 걸어온 길을 뒤돌아 보는 기분은 다르다. 같은 풍경을 바라보고 있지만 그렇지 않다. 길을 걷다 뒤를 돌아보면 이미 많은 길을 지나쳤으니 돌이킬 수 없는 일을 저지른 것만 같고, 그것은 후회에 가깝다. 앞이나 뒤, 어디로도 갈 수 없는 작은 공간에 갇힌 기분이다. 시간이 지나 또 한 번 뒤를 돌아보면 앞을 보느라 보지 못했던 것들이 보인다. 한참을 걷다 또 고개를 돌리면 내가 밟고 있던 땅이 얼마나 험난했는지 살피게 된다. 그리고 목적지에 닿기 직전 하루 동안 걸었던 길을 생각하며 위로를 한다.

등산을 할 때 뒤를 돌아보면 이리도 경사가 가팔랐나 싶은 길을 지나 있다. 바다에 들어가 해변을 바라보면 모래사장은 아무 소리도 들리지 않는 고요한 곳이 된다. 돌담을 따라 걷다 뒤를 돌아보면 돌담 너머의 세상을 훔치는 기분에 금세 고개를 돌린다. 이런 만나본 적 없는 것들을 마주하면 잠시나마 앞으로 가야 한다는 압박을 잊을 수 있다. 고개를 돌려 뒤를 바라보는 이유는 바로 이런 것들 때문이다.

ㅐ

마음이 바뀌는 시간

"저런 미친, 운전을 왜 저렇게."운전 중 갑자기 끼어든 차에 대고 뱉은 말이다. 그리고 나는 다시 노래를 흥얼거렸다. 방금 내가 한 행동은 뭘까. 1초도 되지 않는 시간에 마음이 변하는.

버티는 사람

바닷가 벤치에 앉아 사람들을 지켜본 적이 있다. 많은 사람들 중 나는 아저씨들을 주로 보고 있었다. 아이들과 바다에 들어가 노는 아저씨, 구석에서 담배를 태우다 뛰어가는 아저씨, 배우자와 함께 편의점 먹거리를 들고 가는 아저씨…. 여유롭게 태닝을 즐기거나 아이스박스에서 꺼낸 맥주를 마시는 사람은 없었다.

어떤 아저씨는 아들과 함께 꽤 오랫동안 모래성을 쌓고 있었다. 신중히 모래를 깎는 모습이 만화영화에서나 나올 법한 근사한 성을 쌓으려는 듯 보였다. 만화에 나오는 모래성을 실제로 쌓는 게 가능할 리가 없을텐데 그들은 무너지는 모래를 계속해서 쌓아 올렸다. 순수한 아이의 집념이기도 했지만 아이 아빠의 긍정적이고 적극적인 모습이 아이를 더 부추겼다.

"에이, 다시 다시 아들, 기둥을 튼튼하게 올려야 성이 안 무너져. 모래 더 많이!"

그에 질세라 아이도 한마디 한다.

"아빠나 잘 해, 계속 무너지잖아!"

한참을 시도하다 아저씨가 엉덩이를 털고 일어났다. 아이도 아빠를 따라 손을 털고 일어났다. 다음에 다시 해보자 말 하는 걸 보니 포기한 건 아니었다. 불가능에 가까운 일을 끝까지 긍정적으로 대할 수 있는 건 날 닮은 아이가 있어서일까. 아이는 그런 아빠의 모습을 보고 무얼 배우게 될까.

나는 혼자 중얼거렸다. '가능하다면 이런 어른이 되어야겠구나, 아이는 이렇게 키우는 거구나…'

'평생 누군가와 함께 살 수도 있겠구나, 그리고 날 닮은 아이가 생길 수도 있겠다.' 생각하는 일이 잦아졌다. 결혼식 갈 일이 늘면서 내 고민도 깊어진다. 고민은 늘 '결혼을 꼭 해야 되는 건 아니잖아?'로 시작한다. 그리고 욕심이 많아진다. '만약 결혼하고 싶은 사람이 생긴다면 결혼식은 안 하고 싶고, 아이도 안 낳고 싶어.' 연애만 즐기겠다는 심산은 아니지만 나 자신 외에 누군가를 책임질 자신이 없다.

결혼에 대한 내 생각을 들은 어른들은 타박하며 설득하

려 한다. '나를 닮은 아이를 낳고 그 아이가 커 가는 과정을 지켜보는 게 얼마나 큰 행복인지 넌 아직 모른다.' 책임감을 버티는 사람에게만 내려지는 행복이라니. 나는 어른들의 그 말을 들을 때마다 오히려 무서웠다.

나는 바다에 가면 가만히 앉아 맥주를 마시고 싶다. 뜨거운 햇볕을 피해 누워있어야 여행을 다녀온 기분이 들기도 한다. 그런데 내가 해변에서 본 아저씨들은 그럴 수 없어 보였다. 아이를 놀아주느라, 먹을 걸 챙기느라, 다양한 이유로 자신만의 시간은 거의 없는 듯 했다. 가족들과 함께하는 시간이 즐겁겠지만, 그렇다고 혼자 여유로운 시간을 보내고 싶은 마음이 사라지는 게 아닐 텐데.

오늘은 일하지 말고 놀까요

해변 돌담에 앉아 하늘과 바다가 맞닿는 곳을 바라보았다. 그곳은 고요해 보였다. 저 끝까지 가보고 싶다는 생각에 몇 개의 파도를 넘어야 하는지, 피곤함의 농도는 얼마나 짙을지 고민에 빠졌다. 쓸데없는 생각으로 현실을 부정하다 짠 바닷바람에 정신을 차렸다.

나는 바람을 피해 카페에 들어섰다. 그 카페에 초등학생 남자아이가 들어왔다. '다녀왔습니다.' 인사하더니 자리를 잡고 앉는 모습이 카페 사장님의 아들인 것 같다. 사장님은 다정하게 '잘 갔다 왔어?' 하고 물으며 친구들은 어땠는지, 학교는 즐거웠는지 말을 건넸다. 아이는 시무룩한 표정으로 아무 반응이 없다. 사장님은 자신이 보지 못한 아들의 하루가 궁금한지 대꾸가 없어도 질문을 이어갔다. 아이는 빨강, 노랑, 색종이로 만든 바람개비를 만지작거리며 조심스레 입을 열었다.

"친구들이 바람개비 이상하다고 놀려.. 학교 가기 싫어."

그 말을 들은 나는 어떤 이유가 됐든 학교 가기 싫은 마음을 충분히 공감할 수 있었다. 나 역시 어릴 적 학교가 싫어 아빠 뒤에 몸을 숨기고 등교를 거부하는 날이 많았으니까. 물론 초등학교 저학년 때까지만 허용되었던 애교였지만. 아빠는 그런 나를 하루 종일 조수석에 앉혀 두었다. 한 달에 한번씩 했던 결석으로 내 인생이 변한 건 없다. 아니 그 결석으로 남은 한 달을 더 열심히 등교했으니 조금은 변화가 생긴 인생일 수도 있겠다.

사장님은 놀란 표정으로 아이를 다독였다. 당장 카페 닫고 놀러 가자며 아들을 유혹했다. "아들, 내일은 학교 가지 말고 놀까?" 듣고 있던 나도 한마디 거들었다.

"부럽다. 내일은 놀아요!" 아이는 그제서야 조잘조잘 자신의 하루에 대해서 털어놓았다.

문을 닫는 사장님에게 인사하고 카페를 나왔다. 친구들에게 놀림 당한 아들과 그런 아들에게 땡땡이를 선물하는 아빠, 둘 다 멋지다는 생각을 했다.

　파도가 철썩이는 돌 위에 앉아 바다의 끝을 바라봤다. 그 끝에는 아무것도 없다. 눈에 잘 띄지 않는 바다에 닿길 원했던 건, 불안한 현실을 회피하고 다시 돌아오지 않아도 될 거라는 묘한 기대였다.

뒷모습

여행을 좋아하는 사람들은 자신의 공간이 아닌 다른 공간에서 하룻밤을 지내는 날이 많다. 다른 사람의 공간으로 대표적인 모텔이나 게스트하우스. 그곳은 나를 위한 공간이지만 나의 것이 될 수 없는 곳이기도 하다.

모텔이나 게스트하우스에서 퇴실하는 날에는 처음 마주한 모습 그대로 놔두기 위해 머물렀던 자리를 정리한다. 이리저리 옮겨둔 물건을 적나라하게 보여주기에 나는 그리 깨끗하거나 당당하지 않다. 그런 내 뒷모습을 숨길 필요가 있다.

여행을 갔을 때 뿐만 아니라 평소에도 나의 뒷모습을 내

어주는 편은 아니다. 뒷모습이 개방되어 있으면 괜스레 쑥스러워 얼굴이 벌게진다. 목덜미를 긁적이고 바지춤을 끌어올리는 등 의미 없는 행동을 한다. 누군가 나의 등짝을 보고 있다는 것은 부담스러운 일이다.

하지만 사람은 누구나 자신의 뒷모습을 맡길 수 있는 사람이 필요한 것 같다. 나 역시 뒷모습을 원 없이 맡기고 싶은 사람이 있었다. 누군가의 뒷모습을 오래 지켜준 적도 있다. 나의 등으로 상대방의 등을 가려주거나, 내 손이 상대의 어깨에 닿아 살포시 얹어지는 것은 서로를 지키는 가장 쉬운 방법이었다.

만약 누군가 당신에게 온전히 뒷모습을 내어준다면 그것은 단순한 믿음이 아니다. 새로 산 향수의 향이 어떨지 상상하는 설렘이거나, 하룻밤 씻지 못해 밖으로 새어나갈 묵은 냄새를 막아주는 방어막이다. 그저 사랑만으로 되는 것도 아닌 이것은 서로의 시간이 켜켜이 쌓여야 가능하다.

자연스러운 것

TV프로그램을 보다가 갑자기 울음이 터졌다. 당황스러울 정도의 긴 울음이었다. 몇 번은 왜인지 알기 위해 그 장면을 계속 돌려보았다. 그 장면 속에는 한 사람이 흐느끼며 우는 장면과 믿음에 대한 배신이 담겨있었다. 또 주위의 무관심과 그로 인한 고독을 의연하게 대처하는 장면도 있었다.

그때 나에게 울음이 터진 이유가 정의되기 전에 더 이상 나의 내면을 들여다보지 않았다. 그 이유를 알게 되면 울음이 터진 상황을 인식하고 기억할 것 같았다. 그 기억으로 인해 자유롭게 흘러내렸던 그날의 울음을, 그 추억의 회상을 막고 싶지 않았던 것이다.

어떤 순간이 머릿속을 스쳐지나갔는지, 무엇이 마음속에 들어와 마구 헤집어 놓은 것인지. 내면의 깊은 곳에는 아무런 말이 없는 감정들이, 숨길 수 없는 이야기가 펼쳐져 있었다. 울음은 그것들이 밖으로 나오는 것이었다. 그 울음은 언제나 길게 늘어진다.

어떤 감정이 자신을 울게 했는지 알려고 하지 않는 사람. 날것 상태인 감정을 그대로 받아들이는 그런 사람이 좋다. 그 모습이 당당하다고 하기 뭣한 것은 우는 것이야말로 자유롭게, 자연스럽게 사는 것이 때문이다.

이불

방안을 채우는 찬바람에 마음이 심란해집니다. 이불을 꼭 끌어안는 걸로 언제까지 버틸 수 있을지 모르겠습니다.

나는 지금보다 더 외로워지고 말 거야

밤 10시 17분.

'톡'

나방이 차에 부딪혔다. 맞은 편에서는 상향등을 켠 차가 지나갔다. 앞이 안보일 정도로 쨍한 불빛이 졸고 있던 나의 잠을 깨웠다. 눈을 비비며 다시 운전에 집중했다. 꼬불꼬불 급회전구간을 빠져나와 요양병원을 지나쳤다. 그리고 다시 급회전. '끼이이익' 가드레일을 박고 차가 멈췄다. 시간을 확인해보니 10시 20분이었다. '하아' 한숨을 내뱉고 다시 액셀을 밟았다. 차는 굉음을 뿜고 움직이지 않았다. 당황한 나는 혼잣말이 나왔다. '뭐야, 정신 차려. 왜 그래…' 앞으로 갔다, 뒤로 갔다 발버둥을 쳐보지만 역시 똑같았다. 불안한 눈을 하고 차에서 내려 주변을 살폈다. 어두워서 차가 얼마나 망

가졌는지는 확인할 수 없었지만 똑똑히 볼 수 있는 게 있었다. 하나는 오른쪽 앞바퀴가 3미터 아래로 떨어지기 직전이라는 것. 다른 하나는 방향표지판이 차 하부에 꼬꾸라져 차가 움직이지 못하게 잡고 있다는 것. 상황 파악을 끝내고 나는 감탄했다.

'오… 뭐지 이 드라마 같은 상황은? 가로등 불빛도 없고, 지나가는 차도 없고… 도움 받을 곳을 찾기에는 시간이 늦었고….' 담배를 태우면서 어떻게 하면 좋을지 방법을 생각하다가 곧 구렁텅이로 빠질지 모르는 차를 혼자 빼보기로 마음 먹었다. 먼저 시동을 걸어 계기판에 경고등이 뜨는지 확인해보니 다행히 아무 이상이 없어 보였다. 다음은 바닥에 꼬꾸라져 있는 표지판을 빼야 한다. 운전석 밑으로 몸을 욱여넣었다. 상체는 차 밑에, 하체는 도로 밖으로 나온 상태였다. '아, 저기만 빼면 될 거 같은데…' 될 듯, 안 될 듯 하다가 뭔가 '툭' 빠져나왔다. 체한 것 같던 속이 개운해졌다.

곧바로 차에 올라타 조심스럽게 액셀을 밟았다. 빠져있던 바퀴가 스윽 나오고 속도를 내려고 하자 '드르륵 쿵'. 표지판이 덜 빠진 모양이었다. 나는 망연자실했다. 그 뒤로는 기억이 가물가물하다. 몇 시에 차를 뺐는지, 몇 개의 담배를 태웠는지. 기억나는 건 집으로 돌아가는 길에 '품' 하고 새어나오는 웃음을 참지 못했고 집에 도착할 때까지 망가졌을

차는 걱정조차 안했다는 것이다.

그 웃음은 차 수리비에 대한 쓸쓸함이나 차를 빼고 느낀 개운함 때문이 아니었다. 나 자신의 실수를 직관하고, 그 실수를 돌이킬 수 없다는 걸 알고 있었기 때문에 나오는 웃음이었다. 그동안 나는 실수를 저지르고 남 탓을 하는 게 대부분이었고, 그게 아니면 내가 한 실수는 실수가 아니라 의도한 것이라 믿었었다. 그래야 마음이 편하기 때문이었다. 그런 내가 명백한 나의 실수로 생긴 처참한 광경을 목격했다. '어떻게 하면 아무도 모르게 이 상황을 무마시킬 수 있을까'. 앞으로도 많은 실수를 저지를텐데 반성은 커녕 상황 수습하기 바쁜 나는 시간이 지나 어떤 사람이 되어있을까.

'내 작은 실수도 주위 사람들은 용납하지 않을 거야. 미움을 받을 테고, 성격은 악해지겠지. 그럼 친구들이 떠나가고 나는 지금보다 더 외로워지고 말 거야.'

사고 낸 후, 며칠간 마음이 허해지는 기분이었다. 그동안 크고 작고 할 것 없이 실수 앞에서 뻔뻔한 얼굴을 하는 내가 얼마나 미웠을까. 자기 잘못 인정 못하는 사람들이 너무 싫다는 말을 수도 없이 하던 나는 거울을 똑바로 쳐다볼 수 없었다.

그 곳

유리와 유리가 부딪히는 소리
누군가 큰소리로 이름을 부를 때
혼을 잃고 무언가를 찾아다닐 때
그것이 술이거나 약일 때

그 곳2

그곳에는 냄새가 났습니다. 반겨주는 이도 없었습니다. 어두컴컴한 거실에 들어서, 보고 싶은 사람의 안부를 물었지만 아무 대답도 듣지 못했습니다. 바닥에는 빨간 줄을 그어 넘어가지 못하게 해두었습니다. 저 선만 넘으면 그를 만날 수 있는데 말입니다.

사실은 다행입니다. 만나서 무슨 말을 먼저 꺼내야 할지 몰랐으니까. 갇혀본 적 없는 사람은 갇혀 있는 사람의 마음을 알 수 없습니다. 그러니 말을 아끼고 안아줘야겠습니다.

시골 향수

  싱그러운 냄새에 눈을 떴다. 한밤에 더위를 느끼고 창문을 열어둔 탓에 방 안으로 풀냄새가 들어온 것이다. 다시 눈을 붙이려고 해보았지만 아무래도 산책을 나가는 게 낫지 싶었다. 아침 5시 즈음, 안개가 잔뜩 껴 있는 것이 아직 새벽의 기운이 가시지 않은 것 같다. 안개의 작은 알갱이들이 피부에 닿아 녹는다. 그 시원함으로 산책하기 알맞은 기온이라는 걸 알 수 있었다.

  집 마당을 지나면 흑염소들의 냄새가 코를 자극한다. 그 냄새는 염소들에게 닿기 50m 전부터 스멀스멀 콧구멍을 파고든다. 비가 오는 날이면 코를 막지 않을 수 없다. 소를 키우는 내가 코를 막는 것이 모순적으로 느껴지기도 하지만 그 냄새는 소와 비교할 수 없을 만큼 강하다. 염소들과 거리가 멀어지면 주변은 온통 초록색으로 변한다. 허리가 꼿꼿한 벼와 이름 모를 나무가 즐비해 있다. 뭐라 정의할 수 있는 냄새가 나는 건 아니다. 안개 낀 새벽 냄새와 나무나 풀, 초록색이 가진 싱그러운 냄새가 난다. 나무를 따라 쭉 걷다 보면 작은 다리가 나온다. 다리 건너에는 나무가 아닌 꽃이 심어져 있다. 꽃을 보기 위해 다리를 건너면 되돌아갈 타이밍을 놓치게 된다. 그래서 다리를 반환점 삼아 집으로 돌아간다.

그렇게 마을을 한 바퀴 돌고오면 머리칼에는 거미줄이 감겨 있고, 바짓단은 이슬에 젖어있다. 산책은 소들의 아침밥을 챙겨주는 걸로 마무리된다. 사료를 부어주는데 소 한 마리가 내 손등을 핥았다. 동시에 소 뒷발 쪽으로 무언가 후두둑 떨어지는 소리가 들렸다.

수많은 냄새가 몸에 묻은 기분이었다. 어떤 냄새인지 맡기 위해 양쪽 어깨에 코를 대보았다. 생각보다 불쾌한 냄새는 아니었다. 이슬에 젖은 면이 코에 닿았고, 다우니 향과 솔 냄새가 났다. 가끔 유난히 냄새에 민감한 사람을 만나는 날이면 이 온갖 냄새가 섞인 향을 가지고 가고 싶다.

어떤 소리들은 놓치고 살기 아까울 때가 있다

　핸드폰에 저장된 신나는 노래를 틀고 음량을 최대로 높였다. 바깥의 소리를 듣고 싶지 않을 때 나오는 습관 중 하나이다. 도착역을 알리는 지하철 안내원의 목소리, 차들이 빵빵대는 소리, 가게에서 흘러나오는 음악들이 뒤섞인 소리. 세상의 소음들로부터 멀어지는 것이다.

　최근 TV를 보다가 이어폰 광고 영상을 보았다. 최고의 음질 보다는 완벽한 노이즈 캔슬링을 선보였다. 도로에서 들리는 소리는 물론이고 사람들의 말소리, 자신이 걷고 뛰는 소리까지 모든 소음을 차단하는 듯 보인다. 저걸 사면 세상의 소리를 듣고 싶지 않을 때 마음껏 그럴 수 있을 것 같았다. 소음을 차단하기 위해 음량을 최대로 높이고, 신나는 노래를 트는 내게 딱 맞는 이어폰이었다. 당장이라도 주문할 기세로 핸드폰을 들었지만 문득 든 생각에 사고 싶은 마음이 사라졌다. 세상의 소리를 듣고 싶어 하지 않는 사람들이 얼마나 많길래 노이즈 캔슬링을 광고하는 걸까. '세상은 어차피 혼자다.'라는 생각을 독려하는 건 아닐까. 머릿속이 꼬여버렸다. 세상의 소리를 차단한 채 걸었던 날들을 돌아보았다.

터벅터벅 힘없는 걸음과 세상에 무관심한 눈빛. 입을 꾹닫은 채 목적지를 향하는 굽은 등과 어깨. 그리 밝은 얼굴은 아니다. 모든 날이 그런 건 아니었다. 가끔은 세상이 내는 소리에 온전히 집중하는 날도 있었다.

벌들이 꽃에 앉아있다 날아가는 소리, 울부짖는 매미소리, 나뭇잎이 바람에 쓸리는 소리, 소복이 쌓인 눈을 밟을 때 나는 소리.

히비스커스 / 무궁화

꽃이 피고, 지는 꽃은 무궁화뿐인 줄 알았다. 최근에 부용꽃도 그렇다는 걸 알고, 잊고 있던 무궁화가 떠오른 것이다. 피고 지는 일에 대해 생각해야 하는 의무감이 드는 것은 그것들이 안쓰러웠기 때문이다. 영원히 꽃을 피운 채 살 수는 없어도 하루도 되지 않는 시간을 사는 건 너무 가혹해 보인다. 하지만 이런 꽃과는 다르게 수천 년, 수만 년 동안이나 살아있는 것들도 있다. 사람들의 기억 속에 사는 시인의 문장이나 예술가들이 남기고 떠난 작품이 그것이다.

어느 여름, 화가 바스키아의 전시회를 다녀왔다. 투박하게 생긴 왕관으로 유명한 그는 세상에 많이 알려진 예술가 중 한 명이다. 오랜 시간이 지났는데도 그의 작품을 한국에서 볼 수 있다는 게 신기했다.

　나는 작품들을 천천히 둘러보다 한 작품 앞에 멈춰섰다. 벽화를 그대로 뜯어다가 전시한 것이었다. 바스키아는 이미 세상을 떠나고 없지만 그의 작품을 오래 보관하고 여러 나라를 돌아다니며 전시를 하는 이유는 무엇일까. 마땅한 대답이 떠오르지 않았다. 작품을 만든 당사자는 영원할 수 없으니 그가 남긴 것이라도 기억되길 바라는 마음, 그리고 그것이 영원하길 바라는 마음일 거라고 혼자 지레짐작했다.

　이슬을 머금은 무궁화. 꽃잎을 피는 모습을 보고 있자니 삶은 아름다운 것일 수 있겠다 생각했다. 하지만 내가 이 무궁화의 모양을 기억한다고 해서 그 꽃잎이 지지 않는 건 아니다. 꽃잎을 피우고 지는 모습이 영원할 수 없는 운명을 덤덤히 받아내는 것 같다.

　문득 찾아온 시련은 어느 순간 사라지기 마련이다. 행복한 감정을 느낄 때 역시 마찬가지다. 영원할 것만 같던 연인과 친구 관계, 가족들의 보살핌 모든 게 영원하지 않다. 그 사실이 서로를 위해 최선을 다하게끔 만들지만 반대로 너무 애쓸 필요 없는 이유이기도 하다. 그저 덤덤히 받아내면 된다.

욕심을 냈습니다

어디선가 주운 조약돌을 유리컵에 담아뒀습니다.
못 쓰는 가구는 버리고, 예쁜 걸 채우려는 심산입니다.

그저 적은 것이 누군가에게 닿기까지

배움을 증명할 수도, 받은 걱정과 애정을 되돌려 주지도 못하는 난, 가진 거라곤 마음 밖에 없는 사람이다.

책을 준비하는 동안 내게는 많은 일이 벌어졌다. 만나면 시덥잖은 농담을 주고받던 사람은 암에 걸려 치료를 받는 중이고, 늘 아무 조건 없이 사랑을 주시던 할머니는 세상을 떠나셨다. 면역력이 약해져 피부병이 왔을 때는 이미 마음이 검은색으로 변하는 중이었다. 누군가에게 의지해서는 안 된다는 강박을 가진 나는 더이상 혼자 힘으로는 할 수 있는 게 없는 것 같았다. 좋아하는 것이라며 붙잡고 있던 글 쓰는 일을 포기하고 싶었다. 글쓰기에 소질이 없는 것도 모자라 끈기조차 없다는 부정적인 생각에서 벗어날 수 없었다.

온통 운이라고 생각했던 출간을 앞두고 나는 깨달았다.

사실 그 운에는 나를 향한 편집장님의 관심과 노력이 대부분이었다는 것을. 글 쓰기 관련 책 몇 권 읽어본 게 끝인 내게 시집을 쥐어주고 나아갈 방향을 제시해주신 덕분에 내가 여기까지 올 수 있었던 것이다. 앞으로 몇 권의 책을 더 써낸다면 그 역시 편집장님 덕이 크다. 책의 마지막 페이지에는 세상에 내놓기 부끄러운 글을 포기하지 않고 읽어주신 최연 편집장님과 책을 끝까지 붙들고 계신 여러분들에게 감사를 전하고 싶다.

이 책 속에는 고민이 가득 담겨 있지만 결론은 나오지 않는다. 미래와 과거에 대해, 알맞은 삶을 찾았나, 방황하다 얻은 건 있었나. 시덥잖은 고민들. 마음을 기록하다 보면 의문들을 다 풀어낼 수 있을 거라 생각했는데… 내가 했던 고민들은 어쩌면 깊게 파인 상처였는지 모르겠다. 나는 단지 그 상처가 어떻게 생겨난 것인지 기록한 것일 수도 있다. 만약 그렇다면 이 기록을 살피고, 외로움에 시달리는 사람을 이해하는 일에 도움이 되었으면 좋겠다.

모두에게 감사합니다.

publisher   instagram

당신을 생각하다 잃어버린 것들

초판발행 2023년 3월 15일
지은이 최한수
펴낸이 최대석 **펴낸곳** 행복우물 **출판등록** 제2008-04호
주소 경기도 가평군 경반안로 115
전화 031-581-0491 **팩스** 031-581-0492
전자우편 book@happypress.co.kr
값 16,000   ISBN 979-11-91384-42-0

Check intagram for Event & Goods!

instagram. Choi Han Su

네가 번개를 맞으면 나는 개미가 될거야

장하은

출간 즉시 베스트 셀러

불안장애와 숨고 싶던 순간들,

소심하고 내성적인 아이에서 불안한 어른이 된 이야기

" 너무 좋았습니다. 방에 불을 꺼두고 침대 위에 앉아 작은 태양 같은 조명 아래 있으면 이 책만 읽고 싶은 나날들이었습니다. 읽은 페이지를 또 읽고, 같은 문장을 반복하다가, 홀로 작가님의 글을 더 보고 싶어 책갈피에 적힌 작가님의 인스타에 들어가 보았습니다. 역시나 너무 멋진 분이셨어요. 제게 책을 읽고 먹먹해진다함은 작가가 과연 어떤 삶을 살았기에 이런 글을 쓸 수 있는 걸까, 궁금해지는 것을 말합니다. _ 북리뷰어 Pourmeslivres*님 "

그럴 땐 당황하지 말고 그것도 너의 감정이라는 것을 인정해 줘.
억지로 감정을 바꾸려고 하지 말고. 그 감정에 함께 머물러주며
그대로 표현하게 해보는 것도 필요하거든.
_ 본문 중에서

Jang Haeun

* 북리뷰어 Pourmeslivres 는 인스타그램에서 진솔하고 적확한 도서 리뷰를
통해 수많은 애서가들에게 호평을 받고 있다. 인스타그램 @pourmeslivres

삶의 쉼표가
필요할 때

R edition

꼬맹이여행자

퇴사 후 428일 간의
세계일주

여행에세이 1위
<삶의 쉼표가 필요할 때>
리커버 에디션으로 출시!

이 책은 우선 여행기 보다 한 권의
아름다운 에세이 같았습니다
_ munch님

출간 후 3년,
꾸준히 사랑 받는
이유가 있다

읽으면 꼭
소장하고 싶은
여행에세이

인생을 알려주고...
(가격) 더 받으셔야 합니다. 책을 읽고
첫 장부터 진짜 울 것 같다가 감동 받았다가
예쁜 말들에 엄마 미소를 짓기도하고
너무 좋은 책이었어요
_ findyourmap0625님

Jang Youngeun

세상의 차가움 속에서도 따뜻함을 발견해내는, 여행 그 자체보다 그 여
정에서 용기와 고통과 희열을 만나는 여행자의 이야기*를 읽고 나면 사
랑하는 이들에게 구구절절 말할 필요도 없이 조용히 이 책을 거네**는
당신을 발견하게 될 것이다

*이병일 시인 추천사 중에서 **태원준 작가 추천사 중에서 / YES24 리뷰 중

자기객관화 수업

현실적응력을 높이는 철학상담

모기룡

가스라이팅　　　　　　　자기객관화

서양철학은 우리도 모르는 사이에 우리의 사고를 주도
하고 있다. 이를 테면,

너 자신을 믿어라 / 주체적으로 사고하라 / 고유한 너 자
신을 찾아라 / 언제나 긍정적인 마음을 가져라 / 세상의
중심은 너다

이런 모토들은 장점도 있지만
그로 인해 외부의 관점을 무시하게 되는
부작용을 낳는다.
구루는 다음과 같이 말한다.

"이 모토들은 자신의 내면에 있는
것이 진짜 자신이라거나 가장
중요하다고 생각하게 만들지요.
그리고 타인들이 생각하는 나의
모습은 가짜이거나 중요하지
않다고 생각하게 만들지요. "